次第に体が今の愛撫に慣れていく。
……気持ちいい……

illustration by CHIHARU NARA

龍虎の甘牙

ふゆの仁子
JINKO FUYUNO

イラスト
奈良千春
CHIHARU NARA

CONTENTS

プロローグ

紅茶とは以下のように定義されている。

茶の若葉を摘み取り、低温で長く発酵させ、乾燥させたもの。また、それを熱湯で煎じた飲み物。液体は澄んだ紅褐色。中国産のものが十七世紀に、インド産のものが十九世紀にヨーロッパに紹介され、流行した。

なお、ヨーロッパでは葉の色から、ブラックティーと称する。

過去には紅茶をきっかけに戦争や事件も起きている。

元々は万病の薬として飲まれていた茶が、長い年月を経て英国において貴族社会に広がり、嗜好品としての地位を確立するに至った。

一般大衆に広く飲まれるようになる一方で、稀少価値を持つ特別な高級紅茶も生まれてきた。

「高かろうが安かろうが、美味しいのが一番」

ミルクも砂糖も大量に淹れて飲む高柳智明が、初めて紅茶単体で美味しいと思った紅茶が、マレーシアにあった——。

1

「イチゴ！　イチゴ！」

小さな手を一杯に伸ばして、先を指差す天使の如く可愛らしい子どもの言動に、高柳智明の頬は緩みっぱなしだった。

目に付く何もかもが物珍しいのだろう。あっちを見てはこっちを見て、さらにまたそっちを見てと忙しい。

日本と同じように、ビニールハウスで育てられた甘い香りを放つイチゴが、たわわに実っている。

子どもの頃、家族で何度か伊豆や千葉に行って、お腹いっぱいになるまで食べた。

猫のように少しつり上がった大きな目は、日差しや周辺の自然の色を浴びて明るく輝いていた。全身でこの瞬間を楽しんでいるだろう姿を眺めているだけで幸せな気持ちになる。

天使の名前はフェイロン・ライこと、黎飛龍という。

「推しって素晴らしい」

大きな襟が印象的なシャツと、膝までの黒のパンツにハイソックス、そして足にはスニーカーを履いている。

出会った頃は、生まれたばかりの赤ん坊だった。まさに天使。信仰心などないものの、神が与えてくれたと思わずにいられなかった。あれから数年を経ても尚、あのときの気持ちは強くなっている。

何もかもが尊い。

平均的な子どもと比較したら、言葉は少ないらしいが、フェイロンが非凡な存在であることは疑いようもない。

生まれて間もない頃から周りの顔を認識し、一歳になる頃には大人たちの話の内容もかなり理解できていただろう。

フェイロンの生家である黎家は、表向き香港の金融系の企業を経営している。だが実際は裏社会を暗躍する黒幣だ。

現在の当主はフェイロンの父、ゲイリーこと黎地龍が務めているものの、黎家の本来の支柱となるのは『龍』と称される存在にある。

対外的には次期、実のところは既に現在の『龍』となったフェイロンは、直感力に優れ、超のつく能力も併せ持つらしい。それも、黎家を統べる龍の中でも、特別な存在である黄龍だと言われている。

それゆえ、フェイロンがすでに龍となっていると公になれば、命の危険に晒される可能性が今まで以上に高くなる。だから彼を護るべく、様々な人間が集まっている。

先代龍の指導者であり世界一の風水師（ふうすいし）、劉光良（リュウグォンリョン）。東洋のユダヤ人と称される、漢民族（かんみんぞく）を主体とした、台湾客家（タイワンハッカ）の総帥（そうすい）、侯（コウ）。

　フェイロンの背景は色々ややこしいものはある。だが、フェイロンが龍であるか否か、それも黄龍であるか否かは、高柳には全く関係ない。

　大体、想像上の生き物である龍だと言われても、よくわからない。なんらかの超のつく能力の持ち主かもしれないが、自分との関係において意味はない。

　これまでに何もなかったとは言わない。

　瞬間移動でもしない限り、出会えるわけがないシチュエーションもあったし、命を助けられたこともある。おそらく高柳の自覚のない場面で、何度も助けられているだろうと思う。感謝はしている。

　それはそれ、これはこれ。特殊な能力を持っていたとしても、フェイロンの個性だ。

　出会ったときからずっと、フェイロンは高柳を慕（した）ってくれている。

　小さな手で自分の手を握（にぎ）ってくれたときからずっと、ただひたすらに愛（いと）しいだけだ。

「可愛いなあ」

　しみじみ呟（つぶや）く高柳とて、周囲から見れば「可愛い」と形容される容姿の持ち主だ。

　大学卒業後、社会人となってから十年を経ても、今日のような大判（おおばん）のシャツとデニムのような私服姿でいると、学生と間違われることもしばしば。言動が幼いからだと高柳を良く知る人間には言われるものの、童顔ながらも整った顔立ちに加え、口元の黒子が独特の艶を放ってもいる。

幼さと妖艶さを併せ持っていることを、当人は本能的に「知っている」。それが武器になることもわかっている高柳は、つい最近、アメリカ最大の流通チェーンであり、世界的にも有数のコングロマリット企業であるウェルネスを退社した。

通っていたアメリカの大学時代の先輩であり、ウェルネスのCOO——最高執行責任者である、ヨシュアこと黒住修介には散々引き留められた。ヨシュアにとって高柳は、優秀な社員である前に大切な友人だった。しかし高柳は、一癖も二癖もあるヨシュアという天衣無縫、天井天下、唯我独尊な男の価値観を、どうしても理解できなかった。

ちなみに在職中は、語学に堪能で天才的なコミュニケーション能力を誇っていたこともあり、アジア支部を任されていて、各地を飛び回り、自分の意志で休みを取ることは難しかった。

フリーランスの立場になった今は、前より自由に時間を使えるようになった。

実のところを言えば、まだフリーになってから具体的な仕事はしていないし、今後の住居かつオフィスとなるベトナムの家のリノベーションも始まっていない有様だ。

今まで必死に働いていたことを考えて、少しぐらい休んでもバチは当たらないだろう。

そんなわけで、マレーシアの軽井沢と呼ばれるキャメロンハイランドに、フェイロンを連れて避暑に来たのだ。

ちなみにフェイロンの後見の一人となった侯は、元々高柳の知人だ。

仕事でちょっとした縁があって以降、なぜかやけに高柳は彼に距離を詰められてしまった。フェイロンに尽くすのも高柳のためだと公言しているため、ゲイリーの側近たちには不審がられているらしいが、誰よりも腕が立ち頭の回転が速く、何よりフェイロンにも気に入られていることから、誰も文句は言えないようだ。

だが、その侯も先生も、今日は所用で別行動をしている。うるさい保護者なしに、大好きな高柳と一緒に過ごせるとあって、フェイロンも大はしゃぎだ。

高柳自身、こんな時でなければ、大切なフェイロンとゆっくり過ごせない。

これは神の与えてくれた休暇なのだろう。

「ああ、本当に可愛い。うちの推し」

「フェイロンの何が推しだ。お前にとって親戚みたいなもんだろう」

繰り返し高柳が溢れる想いを口にした瞬間、隣にいた男が突っ込んでくる。ティエン・ライこと黎天龍は、細いフレームの眼鏡の下で切れ長の目を細めていた。

高柳の恋人で、先代の龍だ。

ティエンもまたフェイロンとある意味同じく、類い稀な運命の星の元に生まれていた。そのためもあるのか、フェイロンは実際の父親のゲイリーよりも、ゲイリーの腹違いの兄であるティエンに似ているように思える。

いわゆる香港マフィアの裏ボスだったティエンだ。隠し子の一人や二人いたところで不思議ではないし、むしろいてくれても構わないと高柳は思っている。

どれだけティエンを想ったところで、今のところ男である高柳に彼の子どもを生むことは無理だ。

愛し愛される関係に不満はないものの、ごくごくたまに彼の血を継ぐ子を、幼い頃から溺愛して育てたいと思うことがある。

そんな高柳にとってフェイロンは、これ以上ないほど、愛しい存在といえた。

そんな高柳の気持ちを知ってか知らずか、ティエンは眼鏡のブリッジを押し上げながら、やれやれと大袈裟に肩を竦める。

(こういうところ、だよな。ティエンの残念なとこ)

すべてに対し頭脳明晰な男だが、こと高柳に関してはバグが起きるらしい。高柳がフェイロンを溺愛している大前提にはティエンがいて、最高の推しは、言うなればティエンなのだ。

さらにもうひとつ、訂正せねばなるまい。

「親戚みたい、じゃなくて、親戚！」

高柳はフェイロンの腕を引き寄せて、その体を強く抱きしめる。

「なに？」

腕の中の子どもは大好きなイチゴから引き剝がされて、少しだけ怪訝な表情を見せるが、イチゴと同じかそれ以上に大好きな高柳相手なら、すぐに笑顔に戻る。

「フェイは可愛いね！」

柔らかい頬に、高柳は自分の頬を強く押しつける。ぷにっとした感触がなんとも心地よい。

「大好き！」

高柳の言葉にフェイロンの表情がぱっと明るくなる。

「ボクも。たかやなぎ、大好き！」

「相思相愛だね！」

「だね！」

何をどこまで理解しているかはわからないが、フェイロンが高柳を大好きなことは間違いない。そして同じく高柳もフェイロンのことが大好きなのだ。

「お前がいつフェイロンと親戚になった？」

「ティエンの甥なんだから、ティエンと結婚した僕の甥だよ」

大学時代に出会い、互いの顔を認識する程度の関係ながら、互いに恋に落ちていた。そして高柳と同じく、ヨシュアとの縁でウェルネスに所属していたことで、香港で再会を果たした。

複雑に絡み合った二人の縁は、互いに命の危機のたびに何度となく切れそうになりながら、そのたび強く結びつき、今に至る。

先日ようやく、籍こそ入れていないものの、親しい人たちの祝福を浴び、ベトナムで結婚式

を挙げた。一緒にいられればそれでいいと思っていたものの、ティエンは糸の切れた凧みたいに、気づけばどこかへ飛んで行ってしまいかねない。高柳を大切に想っているからこそ、距離を置こうとしたことも一度や二度ではない。

高柳の覚悟を知ってからは、さすがに勝手に姿を晦ますことはなくなった。だが明確に結婚することで、高柳はティエンを縛ることにした。ティエンからしても、高柳を縛ることになるが、それこそ望むところだった。

ちなみに二人の結婚は、当然ながらティエンの家族公認だ。そして高柳も。

「家族にだって話したんだから！」

「それはわかってるが、相手が誰かは話してないんだろう?」

「帰国したときでいいって言われてるし」

あえて追及しないのが、高柳の家族たる所以だろう。

高柳曰く家族は、相手がどの国の人間だろうと同性だろうと、幸せならいいと思うタイプなのだそうだ。海外で仕事をする高柳を心配しつつも『便りの無いのは良い便り』で、それぞれが自由に生きている。

フェイロンのことを高柳が生んだと言っても、信じかねない。

「他でもないティエンに、親戚『みたい』なんて言われたくない」

「確かにそうだな。悪い」

そんな高柳の強い抗議に、ティエンがすぐに折れた。

「わかってくれたならいいよ。ね、フェイ。ティエンがイチゴ欲しいって言ってるから食べさせてあげて」

「何を言ってる？」

高柳の発言に何を言い出すのかと、ティエンは驚きの声を上げる。

「可愛い甥が食べさせてくれるんだから、全部食べなよ？　フェイ、その赤くて大きくて甘そうなイチゴがいい。せっかくだから、たっぷり練乳つけてあげて」

高柳はにっこり笑ってフェイロンに指示を出す。練乳は高柳が自宅から持ってきたものだ。日本と同じくイチゴ狩りがあるといっても、日本ほどに甘いとは限らないし、さすがに練乳が用意されているかはわからなかったからだ。

実際食べてみたら、予想していたよりもイチゴは甘かったが、さすがに練乳はなかった。甘いイチゴにねっとり甘い練乳。高柳の思う最高の組み合わせは、フェイロンの好みにもあったらしい。

「わかった！」

「わからなくていい！」

ティエンは真顔でフェイロンに訴えるが、高柳のほうが優先順位が高い。嬉しそうにフォークで刺して垂れるほど練乳をかけたイチゴを、ティエンに「はい」と向けてきた。

ティエンはまったく甘いものを受けつけないわけではないが、練乳はさすがに無理だった。練乳は食べたことがなかったようだ。だから興味本位で一口舐めたあと、ものすごい表情になったのを高柳は見逃さなかった。

しかしさすがに、フェイロンから差し出されたイチゴは、食べざるを得ないと腹を括ったようだ。大きく口を開けてイチゴを口に含むと、一瞬だけ眉を顰めた。だが吐き出しはせず、ほとんど咀嚼することなくごくりと飲み込む。喉が上下する様を、高柳はフェイロンと一緒に見守る。

「おいしかった?」

ある意味、追い討ちをかけるフェイロンの問いに、ティエンは無理やり作った笑顔で頷く。

(意地っ張りっていうか、さすがのティエンもフェイロンは可愛いんだろうな)

横で眺めた高柳は、ティエンの唇の端に残る練乳に気づく。色にしても粘度にしてもなんともそそるそれを指ですくう。

「ご馳走様、ティエン」

何事かと視線を向けた相手に言うが、ティエンは軽く肩を竦めるだけでなんとも素っ気ない。

「照れ屋さんだなあ、ティエン」

「誰が照れてる?」

「ティエン以外の誰がいるの?」

誘うように笑う高柳の顎を、ティエンは指で摘む。

「そんなことして、お前の後ろで、さっきから冷めた様子でずっとこっちを見てる奴がいるの、忘れたわけじゃないよな？」

「え……」

ティエンの指摘で高柳はゆっくり後ろを振り返った。

そして、その場で居たたまれない様子で視線を彷徨わせる男の姿を目にする。

「……あ」

高柳は思わず小さな声を上げる。

「あ、の、決して存在を忘れていた訳じゃ……」

嘘だ。すっかり忘れていた。もちろん相手も状況はわかっている。

今の今まで、見事なまでにその存在を忘れて会話が進んでいたのだから。

「こっちこそ、すまない。俺はいないものとしていてくれていい」

口元を大きな手で覆ったのは、一八〇センチを超える身長のティエンとほぼ変わらない長身で、鍛えられた体の持ち主だ。

瞳は青みがかり、肌は透けるように白く、襟足が長めの銀に近い金色の髪が、形のいい頭を際立たせている。

全体の雰囲気が、高柳の良く知る男に似ている。外見だけでなく、きっと中身も。だからつい、己の非礼を忘れて軽口を叩いてしまう。

「さすがに、アナタみたいにガラの悪い人、いないものとするのは無理ですけど」

「ガラの悪いって……」

おそらく相手は高柳のそんな返しは予想していなかっただろう。明らかに驚きの反応を示している。

「智明。お前、何を言ってる？」

ティエンも高柳を戒める。

「あ、ごめんなさい。悪気はなくて……」

高柳自身、自分の発言に慌ててしまう。

「えっと、チンピラみたいっていうか、あれ？　これもダメ？」

言い訳しようと思えば思うほどに墓穴を掘っていく。ティエンの表情も険しくなる。

「本当に悪気ないんだって。ほら、梶谷さんからはホテルへの迎えは、こっちに住んでる知り合いの日本人に頼むと聞いてたんで」

「アイツが来ると思ってたなら、俺を見てチンピラみたいだと思うのも当然だな」

男はそう言って笑う。

「当初ここに来るはずだった浅海は、急遽、急ぎの仕事が入ってしまった。事情を伝えたら、俺でもいいと言われたんだが、梶谷からその連絡はなかったらしいな」

男は胸の前で腕を組み、半袖のシャツの下から見える両腕に絡みつく刺青を指先で撫でる。

彼は今日、高柳たちが滞在していたホテルまで迎えに来てくれた、元ウェルネス法務部所属、今はニューヨークで弁護士として働く梶谷が手配した、マレーシアの案内人だ。

「それにしても、ガラが悪いとかチンピラみたいって、面と向かって言う奴がいるとは思わなかった」

男の口調は怒っているわけではないらしい。とにかくおかしくて仕方ないのだろうが、その言葉で高柳は改めて己の非礼を痛感させられる。

「本当にすみません」

頭を下げる。

「謝ることはない。俺も口にはしてないが、あんたを見て結構失礼なことを考えた……と、いうか」

何を考えたのかは口にすることなく、男の視線が高柳の隣に立つティエンに移動する。

「まさか『香港の龍』がこんな風に猫をかぶって、来ることは予想してなかった」

男の青い瞳が鈍く光り、瞬時に空気が張り詰める。

「それはこちらのセリフだ」

ティエンは顎をしゃくり上げた。

「『マレーシアの虎』にこんな形で会うとは思ってもいなかった」

「マレーシアの虎って何？　あ、もしかしてティエン、梶谷さんから連絡もらってた？」

高柳は脳天気な声で二人の間に散り始めた火花に水を差す。そして男の腕に視線を向ける。

「その腕の、猫じゃなくて虎ですよね？」

「ね、猫？」

予想していなかっただろう指摘に、男から殺気が消える。

「あの腕に何が描かれているか知りたければ、レオンに聞いてみろ。詳しく教えてくれる」

まさに高柳に牙を抜かれ、再起不能となった男に代わってティエンが応じる。

「わかった、そうする」

なんの躊躇もなく応じる様子に、銀髪の男が目を見開く。

「あんた、梶谷だけじゃなく、『上海の獅子』とも知り合いなのか？」

「上海の獅子ってレオンのこと？」

上目遣いで高柳はティエンに確認を取る。

「出会った当初にそんな話してただろう」

苦笑混じりの返答は、高柳の問いを肯定している。

「レオンだから獅子か。それで、香港の龍に、マレーシアの虎？　動物園みたい」

「先生も含めれば鳳凰もいる。そういや、智明。お前、猛獣使いと言われてたことがあったな」

野性味溢れる容姿から『上海の獅子』っぽいレオン・リーこと李徳華は、今はニューヨークで活躍するカリスマ・タトゥーアーティストだが、真の姿は上海の表裏で強大な力を持つ企業の代表を務めている。とはいえ実際、会社を動かしているのは彼の腹心だ。

「勘弁して。ティエンやレオンはともかく、先生の耳に入ったら、どんな嫌味を言われるかわかったもんじゃない……あなたもそう思うでしょ？」

　高柳は見開いた目で男をじっと見る。

「そこで俺に振るな。それから、あなたとか言われると擽ったくて仕方ない。改めて、自己紹介しておく。俺は黄顕楊。ハリーと呼ばれてる。当初、来るはずだった浅海翼の友人だ。どちらも今はウェルネスに世話になっている。それで、先生というのは誰のことだ？」

　不意に話を振られたハリーは首を傾げた。

「知ってると思いますが、僕は高柳智明。そっちの眼鏡はティエン・ライ。天使はフェイロン……ええと、先生は、劉……なんだっけ？」

「光良」

「そうそう。劉光良」

「劉、光良……？」

　ハリーの声色が変わる。

「そう。フェイの教育係なんです。だから先生」

　正確には「だから」ではないが、これ以上の説明は面倒だった。

「そう。せんせい！」

大人たちが会話している間、一人イチゴを食べていたフェイロンが、その単語に反応して嬉しそうに手を挙げる。

「もしかして、世界最高と言われている風水師の……？」

「そういえば先生、風水師だったかも……」

高柳は小首を傾げる。傍から見れば、あざといとしか思えない仕草だが、そんな高柳を見てハリーは右の眉を大きく上げた。

「……あんた、なんなんだ？」

「え、僕？　僕は今はフリーのネゴシエイターみたいなことをやってます。ってまだ実際にはスタートさせてないですけど」

最近作った名刺の肩書は、悩んだ末に今口にしたネゴシエーターとした。やけに周囲に納得されたため、自分の選択は間違っていなかったと自負した――が、世の中で通用する「ネゴシエーター」は、高柳の思うビジネスの「交渉人」ではなく、人質救出作戦等で登場する「交渉人」だと知ったのは、名刺が出来上がってからだ。

レオンには、「自分のことがよくわかっている」と言われた。「でしょでしょ」と鼻高々に自慢したものの、散々、誘拐された経験を指していることを知ったときには、怒っていいやら恥ずかしいやらで忙しかった。

だが、とにかく高柳は今、「交渉人」を仕事としている。

「俺が言いたいのはそういうことじゃなく……」

「たかやなぎ」

フェイロンが高柳のシャツの裾を引っ張って、二人の話を遮ってくる。

「あっち行きたい」

「あっち？　あ、すごい！　大きいイチゴたくさんあるねー。ごめんなさい。話はまた後で」

「あ、ああ」

話の途中で高柳はフェイロンに促されるままに移動しようとするが、一歩踏み出したところで足を止めた。

「ハリーさんのそれ、挿れたのレオンですよね？」

それ＝刺青。

「そう、だが」

「レオンの目に見えたあなたの本当の姿に、興味あります」

「……っ、それはどういう……」

ハリーの問いに答えることなく、高柳はフェイロンとともに「あっち」へ行ってしまう。

残されたハリーは、高柳を引き留めようと伸ばしかけ、行き場を失った己の手をゆっくり引き戻す。そして、ティエンが向けてくる憐れみに似た視線に気づき、気まずそうに肩を竦めた。

「アレはなんだ？」

レオンがタトゥーアーティストだと知っていれば、ハリーの刺青が誰の手によるものかは容易に想像できるだろう。

だが今の高柳の発言は、それだけを言っているわけではない。レオンが刺青を挿れるときのスタイルを知っているということだ。

レオンは基本、刺青を挿れる姿を他に見せない。それはつまり。

「人の配偶者に向かってアレはないだろう？」

高柳が離れた直後から、ティエンの纏っていた柔らかな雰囲気は消えていた。冷ややかでいて熱い。ヒリヒリした空気感こそ本来のティエンのものだ。

首元にあるネックレスにつけられた指輪を見せられ、ハリーはすぐに頭を下げた。

「悪気はない。あまりに不思議すぎて同じ人間に思えず、つい口に出た」

「気持ちはわからないでもない。が、あいつのことを侮っていると痛い目を見るから、それだけは覚悟しておくといい」

「それはもう理解した。俺にも似たようなタイプの連れ合いがいる」

それが、今日ハリーが代理を務めた浅海翼だ。あの男もまた、中性的で繊細そうな容姿に似合わない、家族を薬物中毒者に殺害されるという、壮絶な過去を背負っている。そこから必死に這い上がり、犯人を犯人たらしめた薬を売買していたルートを壊滅させるべく、単身シンガポールにやってきたのだ。

　浅海との出会いがあり、レオンと梶谷との出会いがあり、今またティエンと高柳に出会っている。これらの出会いがどんな運命をもたらすのか、どこか楽しみに思ってしまう。

「最後にひとつだけ確認させてくれ。さっきの高柳の発言……」

「先に一言断っておく。俺の体に墨は入っていない」

　ハリーが最後まで言う前にティエンは遠まわしに回答する。

「マジか！」

　ハリーは先ほどと同じ驚きの言葉を口にした。

「あんたは高柳の刺青見たことあるのか？」

「当たり前だろう？」

「どんなのだ？」

「――エロい」

　眼鏡の奥のティエンの瞳がゆらりと揺れる。

「エロい！　最高だな！」

　最高の返答に、ハリーは納得した。

「あの、お子様ランチが、あ、いや、純粋ってか、世の中の裏なんか知らなそうな顔してるくせに……すげえな」

「お子様ランチ、か。否定はしない。だが侮ってると痛い目に遭う。下手をすれば貴様より、結構な修羅場をかいくぐってる。ついでに言えば、あんたの里親の侯はあいつの信奉者だ」

「……信じらんねえ……」

ハリーにとって侯は表向き立場上は里親といえる存在だが、当時は何を考えているかまったくわからなかった。「親」としての愛情を注がれることはなく、ただひたすらに「客家」の一員として、この世界をどう生きていくか、その術というか信条を教わった。

そんな侯が信頼を置く高柳という存在が、ますますわからなくなってくる。

「それより、レオンからの依頼の件はどうなってる？」

ティエンの問いに、ハリーは眉を上げる。

「もしかして、その件、実はあの人からの依頼なのか？」

「レオンからはどう聞いている？」

「元ウェルネスの優秀な人間が、マレーシア紅茶市場に新規参入を考えているから、相応しい人材を紹介してやってくれ、と」

「高柳で間違いないな」

「へえ……」

さすがに少し免疫がついたのか、ハリーは目を見開くに止まる。

「それで、それらしい人物は見つかったのか？　『マレーシアの虎』の眼鏡に適った男が」

「それはもちろん」

派手な見た目を裏切らない、ややこしい背景を抱えた男は、意味ありげな笑みを刻む。

「眼鏡に適うどころか、正直なところ、結構な大物に行き当たった……だが、俺が紹介するまでもなかったらしい」

ハリーが視線を向けた先、フェイロンを抱えた高柳は、今日のツアーの案内人と談笑していた。

2

息が上がり、激しい動悸がする。あまりの息苦しさに、口を開けてしまう。

既に足は棒のように重く、一歩踏み出すのもやっとだった。山道を歩くには相応しくない某メーカーのグルカサンダルに、膝までの短パンに麦わら帽子。足はもう靴擦れしまくっていてヒリヒリ痛む。

日差しは避けられて良かったが、足の指や裏はもう傷だらけだった。

木の根っこの浮き上がったボコボコとした山道は、空まで永遠に続くように高柳には思えた。

「大丈夫ですかー?」

先を楽々と、まるでワルツでも踊るように、白の綿シャツにデニム姿で軽やかに歩く男が、満面の笑みを浮かべて振り返る。

柔らかにカールした前髪が印象的な、目鼻立ちのはっきりとした面差しがまぶしい。

少しだけツンとした鼻が人好きのする愛嬌を生む。そこに混ざり込む和風な雰囲気と、強い日差しに反射する、長身痩軀の健康そうな小麦色の肌に浮かぶ汗が、まるで何かのコマーシャルのように思えてくる。背負ったリュックは色々詰まっていそうだが、それも軽々と運んでいる。

（ベトナムの家の近くで見た、猫みたいな感じ）

「あと少しで目的地ですから、頑張ってくださーい」

白い歯がまぶしい。

「あと少しって何度も言ってますが、今度こそ本当にあと少しなんですよね？」

思わず恨みがましい言葉が口をつく。でも仕方ないだろう。本当に同じ台詞がもう何度も繰り返されている。

高柳は先を見て大きなため息をつく。

最初の二回は、本当に「あと少し」なんだと信じたものの、高柳の思う「あと少し」が過ぎても目的地に辿り着かない。

そこでまた繰り返される「あと少し」の言葉に誤魔化されていると思いながら、次こそは本当に「あと少し」かもしれないと思ってしまうのだから、人間はなんと愚かで単純な生き物なのか。

ボルネオ島マレーシア領地域内にある、東マレーシア最大の都市コタキナバルから車で二時間。二〇〇〇年に世界遺産に登録された標高四〇〇〇メートルを超えるキナバル山がそびえたつ。この山の麓にある農園で無農薬・無着色で生産されているのが、サバティーと称される紅茶だ。

マレーシアの紅茶といえば圧倒的にＢＯＨティーのほうが有名ながら、紅茶好きの間では品質の高さと比較的安価で手に入ることなどから、注目をされている——らしい。伝聞でしかないのは、実際に味わったのは一度だけしかないからだ。

そのサバティーの農園より高い標高で作られる奇跡の紅茶があると聞いたのは、以前、梶谷と一緒にシンガポールの様々なホテルのアフタヌーンティーを梯子したときだ。隣の席に座るセレブ風ご婦人たちが、自慢気にマレーシアの紅茶について語っていたのだ。

ごく一部にしか流通していない上に、一見お断りであること。ご婦人もとある伝手を辿って一度手に入れたきり、以降どれだけ手を尽くしても味わえていないという。

その紅茶が、美味しかったそうだ。

美味しい紅茶は世の中に数多く存在する。その中で、「手に入りにくい」こと、稀少性はその価値を高める。

そこに高柳は目をつけた。

ウェルネス在職時代に一度探しかけたものの、運悪くマレーシアに仕事で向かうことは叶わなかったのだ。

理由は、そのタイミングで、ウェルネスにマレーシアを専門とする社員が入ったから。残念に思いつつも、当時の多忙さを考えれば、探り当てることはできなかっただろう。

それが昨日、キャメロンハイランドツアーで偶然、リヒトと出会ったことで話は急展開した。

「どうですか？　美味しいでしょう」

昨日――イチゴをフェイロンと二人でしゃがんで摘んでいた高柳は、背後に立つ人の気配に立ち上がった。

「美味しいです」

ツアーコンダクターのリヒト。

白の綿シャツにデニム姿の爽やかな二枚目。

日本人も多いツアーのせいか、写真つき身分証の他、腰辺りにカタカナで記載された名札をつけていた。

「めちゃくちゃ美味しいです。まさかマレーシアにこんなに甘いイチゴがあるとは思ってなかったです」

「おいしい！」

高柳の真似をしてフェイロンも応じる。

「このあと、マレーシアの紅茶の工房でアフタヌーンティーを楽しむ予定ですが、お腹入りますか？」

「全く問題なしです」

「なしです」

ここも真似をするフェイロンに、リヒトは穏やかな笑みを見せる。

「俺、前にマレーシアの紅茶を仕入れようとして諦めた経験があるんですが、あの時にはこんなイチゴ農園があるなんて知りませんでした」

「……お仕事で?」

不思議そうに問われて「もちろん」と応じる。

「学生さんの旅行かと……」

「この童顔のせいですよね。よく言われます」

へらへらと笑いながら答える。さすがフェイロンが一緒で学生扱いされるとは思わなかったが、よくあることだ。

「すみません……お仕事でしたら、マレーシアのもう一つの紅茶であるサバティーはご存じですか?」

リヒトは、走り寄ってきたフェイロンを軽々抱き上げた。

「はい。ボルネオ島の特産品ですよね。お土産でもらって飲んだことがありますが、美味しかったです」

緑色のパッケージが印象的な、癖の少ないシンプルな味だったように覚えている。

「お詫びというわけでもありませんが、そのサバティーより高い標高で作られている紅茶に興味がおありでしたら、ご案内いたしますが、いかがでしょう？」

「……ぜひ！」


翌日、つまり今日、ホテルまで迎えに来てもらうことだけを約束して、あとはツアーに没頭したのだが、もっと詳細に聞いておくべきだったかもしれない。

（あのとき確かにサバティー農園より高い標高だとは聞いたけど、まさかこんな山奥だなんて、想像しないよ）

息も絶え絶えに訴えてみる。

「ホントに、もう足動かないんだけど」

「動かないって言っても歩いてますよ。大丈夫。あと少し、いけます！」

だがまったくこちらの意図が伝わらない。何が大丈夫だというのか。

根拠はわからないが、そんな風に力強く笑顔で断言されてしまうと、大丈夫なのかもしれないと思わされる。

（うわ、騙されるな。自分の体は自分が一番わかってるだろう！）

慌てて高柳は己の考えを振り払ってみる。

元々スポーツとは縁遠い。

運動神経は悪くなかっただろう。走ったり跳んだりと単純な種目はそこそこの成績を出せたが、器具を使った段階で見事なまでのポンコツになってしまうのだ。

リレーのバトンですらぶっ飛ばすのだから、球技になったらもう大変だ。

バレーやバスケ、サッカーはともかく、卓球、テニス、バドミントンといった競技になると、己の体の何をどう動かせばいいのかわからなくなってしまう。

何をどう動かせばいいか、そこまでの稀な運動能力は不要なのだが、ある意味生真面目な性格故に考えすぎてしまうのだ。繰り返し練習することで自分の中で納得して、使い方を覚えてしまえば、そこからは一気に上達する。

だが、いかんせん体育会的な気質を持ち合わせていない。

だから、球技大会や体育程度の練習では上達する兆しが見えたところで終わる。高柳の潜在能力に気づいた体育教師には、たまに本気で練習するよう勧められたこともあったが、これまで華麗に逃れ続けてきた。

とりあえず、ある程度の体力と能力は、己の命を守るときには十二分に発揮されるのだからよしとすべきだろう。

「高柳さーん。あと少しですから頑張ってください！」

「もう頑張りたくないってば」

大きな帽子のつばを引っ張り、視線を足元に向ける。前に向かって長く伸びる己の影に、前からやってきた影が重なった。そして膝を摑み前屈みになっていた高柳の顔の前に、すっと手が伸ばされる。節のはっきりとした、ゴツめの大きな手。働き者の手だと一目でわかる。

「そんなこと言わないでください。本当にあとちょっとで、これまでの頑張りが報われますから」

爽やかすぎる笑顔に、高柳は眉根を寄せる。

微笑むだけで周りの者を魅了し納得させてしまう。カリスマ性とはまた異なるその絶対的なオーラは、生まれながらの特性なのだろう。

本当にもう限界で足は痛いし、疲れているし暑いしお腹も空いている。とはいえ、ここまで来ている以上、進むにしても戻るにしても、大変なのは同じだ。

「万が一……たら？」

ぼそりと呟く声に「なんですか？」と聞き返してくる。

（地獄耳だ）

「万が一、報われなかったらどうするんですかって言ったんです」

「そんな心配は無用です」

やけくそで訴えてみても、百万ボルトぐらいの輝きを放つ笑顔に、高柳は完全にノックアウトされてしまう。

おそらく高柳が何を言おうと彼は絶対に聞き入れない。説得もあえてしないのだろう。己の思いを貫き通して、半ば無理やり目的地まで連れて行くのだ。

（こういうタイプが一番厄介なんだ）

同時に、こういうタイプにどうしようもなく惹かれてしまう。大きく息を吐き出すと、高柳は伸ばされた男の手を握った。

そして引きずられるようにして歩き出したものの、まったく「少し」ではなかった。だがもうどんな文句を言おうとも、聞き入れられることはなかった。

（あー、もう二度と安易な言葉に乗ったりしない。笑顔で言われても信じたりしない！）

本当に精も根も尽き果て、声を発するのも辛い状態で、顔も上げられなかった。浮き出した木の根や陥没した場所に足を何度も取られながら、やっと目的の場所に辿り着く。

「そこを曲がったら、顔を上げて」

「そんなの、む、り……」

また騙されるのかと思った刹那——高柳の眼前が一気に広がった。

映画の一場面のように。

「みどり、いろ」

頭で何かを考える前に言葉が口をつく。

一面の茶畑。

そして、青い空。

マレーシアのキャメロンハイランドでも目にした。それこそ、日本でも静岡の茶畑を訪れている。

似ている。でも違う。

圧倒的な開放感。抜けるような爽快感。

纏う空気。流れる風。

両手を広げたら、風に乗って空を飛べそうな感じすらした。

「綺麗……」

ずっと山登りをしてきた意味がわかる。かなりの高地に、手入れされたお茶の木が辺り一面を埋め尽くしている。茶葉の香りに全身が覆われるようだった。

「どうです」

「え？」

「報われたでしょう？」

高柳がひとしきり感動を味わった絶妙なタイミングで声をかけてくる。疑問ではなく確認だ。

変わらぬ笑顔に若干の敗北感を味わう。でも素直に認めるしかない。

「報われました。素晴らしいです」

初めて見る光景とまでは言わないが、想像していた以上のものだったのは間違いない。

「良かったです。少し座って景色を楽しみませんか？」

高柳に向かって男は笑顔のまま応じると、近くにあるベンチに座るよう促される。どしりと腰を下ろすと、足腰に疲労が伝わってくる。

「疲れた〜！」

「では、こちらを。うちの紅茶です。甘い物がお好きそうだったのでロイヤルミルクティーにしました」

重そうなリュックの中から取り出されたポットから、同じくリュックの中に入っていたホットドリンク用のカップに注がれる。

「いい香り」

ポットを開栓した瞬間から、甘い濃厚な香りが漂ってくる。甘ったるいわけではなく、そこには紅茶の上品な香りがベースにある。

「どうぞ」

手渡されたカップから立ち上がる香りに、酔いそうになる。飲む前から高揚する気持ちをぎりぎりで堪え、そっと口をつける。

「……………っ！」

瞬間、言葉が消え失せて目を見張った。なんと表現したらよいかわからず、カップの水面とリヒトの顔を交互に見る。

「美味しいですか？」

大きく強く頷きで応じて、さらに続きを飲む。行儀が悪いと思いながらも、熱さを堪えて一気飲みしてしまう。

「……美味しいです！」

実感を込めて伝える。

「おかわりあります……」

「いただきます！」

リヒトが最後まで言うより前に、高柳はカップを差し出す。

「自分の作っている紅茶は美味しいと自負していますが、高柳さんみたいにわかりやすく反応してくださると、頑張ってよかったと思えます。なので、こんなポットに入れたものではなく、正式に入れた紅茶の美味しさを知ってもらいたいです」

「僕も飲みたいです！」

食い気味の返答にリヒトは笑う。

「キャメロンハイランドの大規模農園と比べたら、個人でやってる小規模な茶畑です。でもその分、大きいところにはできない細やかな手入れや新たな試みもできます」

ポットをリュックに戻し、手を伸ばした場所に生えているお茶の新芽に優しい仕草で触れる。まるで茶葉もわかっているのか、風に揺れた新芽が、彼の手に甘えているように思えてくる。

小さいと謙遜するが、普通の人の想像する「小さい」とは異なる。商業的な意味で、大規模農園と比べたら「小さい」だけだ。

高柳は無意識に息を呑む。

頭の中では次から次にアイデアが浮かんでいる。

販売、販促、仕入れ、宣伝。実際に味わう前から考えていたものはあった。だが実際に味わうことで、今まで漠然としたイメージしかなかったものが、明確な形となり鮮やかに色づいてくる。

自分の直感は正しかった。ウェルネス在職時代ではなく、フリーの立場になった今だからこそ、できることがある。

サンダルを履いた足は、靴擦れでボロボロで、膝もガクガクしている。明日は確実に筋肉痛だ。それでも言われるままに彼、リヒト・アフマドの言葉に従って良かった。

そこでふと疑問が生まれる。

「今さらなんですが、質問いいですか?」

「はい」

「リヒトさん、昨日、なんで俺に声をかけてくれたんですか?」

高柳が尋ねると、リヒトはしばし黙って笑顔になる。

「とても美味しそうにイチゴを召し上がっていたので」

「いや、そうじゃなく。そのあと、どうしてここに誘ってくれたのかと」

互い様か。

「紅茶好きな日本の人に、僕の紅茶を知ってもらいたかったので」

満面の笑顔で言われてしまうと、それ以上は聞けなくなってしまう。腹に一物があるのはお互い様か。

「このあと、工場の見学もされますよね？　製茶体験できますけど、いかがしますか？」

高柳が飲み終えたカップもリュックに入れたリヒトは確認してくる。

「ぜ……ぜひ、体験させてください！」

へとへとだが、せっかく与えてもらったこの機会を逃すわけにはいかない。そして日本茶の茶摘み体験はあっても、紅茶は初めてだ。ここで少しでも縁を作っておいて、次に繋げる。

きっと普段の高柳を知っている人間からしたら、あり得ないと驚くだろう。基本的に小賢しいタイプだ。多くの場面において、下手に出ながら相手を己の意図する方へと誘導する。

決して会話術などではなく、無意識によるものだ。相手もまったく気づくことがないのだから、高柳の人となりによるところだと言ってもいいかもしれない。それこそ敵足りうる立場の人間でも、時と場合によって高柳に引きずられる。

それでも稀に、高柳の意図に反する言動しか取らない人間が現れる。

筆頭がヨシュアで、ティエン、先生、レオンといった人間だ。未だに深い縁で繋がっている人こそ、高柳の思うとおりにならない。

だからこそ一緒にいて楽しいし、もっと知りたいから一緒にいる。高柳がそう思っている相手も、自分と同じように思ってくれているといいのだが。

「ではまずは、茶摘みをしましょう」

リヒトはにっこり笑った。

「茶、摘み」

ここに来て、さらに肉体労働を強いてくるのか。

「せっかくなので、ぜひ。乾燥させる必要があるので、高柳さんが摘んだ分をすぐ揉むことはできませんが、どういう手順を踏むかわかったほうが、より紅茶の奥深さが伝わると思います」

頭の中に茶摘みの歌が流れてくる。日本では五月から六月にかけて見られる光景だ。幼い頃、静岡に家族で向かい、茶摘み体験をした記憶がある。

海外の紅茶の摘採は、ほぼ手摘みされているという。

きっと今回の茶摘みは、そんな和やかなものであるはずがない。

でもここまで来たら、なんでも「どんとこい！」だ。

「お願いします」

気合いを入れて応じたものの、僅か十分後には己の決断を後悔した。

「昨日の時点では、こんなことになるとは思ってなかったんだけどなあ……」

高柳は小さくため息を吐く。

莫蓙のようなものの上に、昨日摘まれて萎凋を終えた茶葉を広げる。ちなみに萎凋とは、摘んだ茶葉を萎れさせることをいう。高柳が二時間かけて摘んだ茶葉は、萎凋のために天日に干されている。

そこまで終え、手揉み作業を行うべく工場まで来たところで、所要があるというリヒトの代わりに、他の場所で作業をしていた年配の女性スタッフが教えてくれることになった。

工場の中は芳しい紅茶の香りが溢れている。

「茶葉に触るとわかると思うけど、表面は乾燥しているけど、裏側は水分があって、しっとりしているのよ」

「本当だ」

「茶葉の中に残っている水分を全体に広げていくイメージで優しく揉んでいく。こんな風に」

全体を両手で優しく包むように揉み始める。

「最初から強く揉むと葉っぱが折れたり、ちぎれてしまうの。できるだけ葉は綺麗なまま保ったほうが香りが良くなるから」

「なるほど」

見よう見まねで高柳も手揉みを始める。

最初は乾燥している茶葉が、何回か揉むだけでしっとりとしてくる上に、良い香りを放ってくる。

「紅茶だ……って、当たり前のこと言ってるかも」

高柳が自分で自分に突っ込むと、女性は笑う。

「私も最初はそう思ったよ。この葉っぱは、ちゃんと紅茶なんだなって」

女性の言葉に高柳は思い切り同意する。

「はい。本当に紅茶なんだって実感してます」

紅茶農園に来てるのだから、自分が揉んでいるのは紅茶だ。わかっているはずなのに、改めて驚かされる。頭で理解しているのと、感覚で認識するのは別の話なのだろう。

おそらく三十分ほど、教えられるままに手揉み作業を続けている間、女性とはマレー語でたくさんの話をした。

マレーシア進出を考えた際に最低限の会話を学んだ。結局、計画自体は頓挫(とんざ)しているが、すべてが無駄(むだ)にはなっていない。

日本人の高柳がマレー語が堪能(たんのう)なことに、最初はかなり驚いた様子だったが、すぐにフレンドリーに接してくれるようになった。年齢は不詳(ふしょう)で本人にも確認していないが、高柳の母と同年代かもしれない。

「そう、リヒトさんと茶摘みしたの。大変だったでしょう」

「大変なんてもんじゃなかったです！」

やっと現れた味方に、高柳は必死に訴える。

一芯二葉。茶摘みは、新芽の部分とその下にある葉を摘む。その際、若く柔らかい葉の部分を二枚、もしくは三枚取って作った紅茶は、より高級と言われる。

慣れているリヒトは容易にやってみせるものの、いざ自分でやろうとすると変なところに力が入り、欲しい部分だけ、他を傷つけずに摘むのが難しい。

高柳が摘むたび、リヒトはどうすればいいのかコツを教えてくれたのだが。

「丁寧に教えてくれているんです。でも、とにかく厳しくて。ちょっと摘み方が悪いと指摘されるし、言われたように丁寧にやって遅くなると嫌味言われるし」

当人には嫌味を言っているつもりなど毛頭ないだろう。だが言われているほうにしてみれば、あれは嫌味以外ではなかった。

ちなみに言われていることはもっともなことばかりで、ぐうの音もでないのだが、こちらが全くの初心者だということも考慮してほしかった。

「リヒトさんと一緒に茶摘みされたことありますか？」

女性は笑顔で高柳の問いに答えてくれる。

「もちろんよ。リヒトさん、茶摘みの時期は毎日のように来てるから」

「そうなんだ……」

手を動かしながらリヒトの話をしてくれる。

だが、経営者本人が茶摘みをするものなのか。

「初めてで、あれだけの量を綺麗に摘めたら十分十分」

「本当に？」

「だって、リヒトさん、五、六歳の頃から茶摘みしてたんだもの」

「ええ？　本当に？」

「本当ですよ」

聞こえてくる応答に驚いて振り返る。すると、いつの間にかリヒトが背後に立っていた。

「ありがとう。この後は僕がやるから」

リヒトは、それまで高柳を指導していた女性に、元の場所へ戻るように言う。

「テレマカシ！」

高柳が感謝の言葉を口にすると、女性は笑顔で「サマサマ」と返してきた。

「さて、と」

「うわっ」

「もう少し強くしてもいいですよ」

リヒトは後ろから高柳の手に自分の手を添え、揉み方を教えてくれる。背中に触れる体温や耳朶(じだ)を掠(かす)める吐息がなんとも擽(くすぐ)ったい。笑いだしそうになるのをぎりぎりで堪え、リヒトの動きに合わせて茶揉みを試みる。

すでに何度か繰り返した茶葉は、しっとりと濡(ぬ)れてきている。

「こうして自分の手で揉んでいると茶葉の様子がわかるでしょう?」

「はい。終わりの目安はあるんですか?」

「揉んだ茶葉が、掌(てのひら)から落ちないようになるぐらいかな」

まだ茶葉は下向きにした掌から茣蓙(ござ)の上に落ちる。だからまだ揉み続ける。

「聞いてもいいですか」

「僕が幼い頃から茶摘みをしていた話ですか?」

「はい」

高柳が応じると、作業用の上着を羽織(はお)ったリヒトは、背後から隣に移動し、再度、手揉みを始めた。慣れた様子で手揉みされる茶葉は、喜んでいるように思える。

「ここは元々母の農園なんです。もっと小さくて、いわゆる家庭菜園の規模でしたし、当時は日本茶を作っていました」

「日本茶を?」

「ご存じでしょう? 紅茶も日本茶も中国茶も、同じ茶葉だと」

「あ、はい、それは。でも……」

だ。

「祖父が日本人なので」

「……そう、なんですか」

パッと見の外見からは、リヒトから日本の血は感じられない。だが名前の響きは日本のものだ。

内心、リヒト自身の口から祖先について明かされたことに驚きながらも平静を装った。

リヒトも、「ええ」とだけ答えた。

「紅茶を作り始めたのは、僕が経営を担ってからです。なので、十年にもなりません」

高柳の知る限り、リヒトは二十二歳だ。そこから十年前となれば、日本でいえば中学生になったばかりの頃。そんな年齢で経営を担うということ、それはつまり――彼が母親を亡くしたことを意味する。

「当初は試行錯誤の繰り返しで、全くうまくいきませんでした。独学では難しいと諦め、途方に暮れていたところ、とある伝手を辿ってキャメロンハイランドで農園を営む方に教えを仰ぎ、やっとのことで先が見えてきました」

「……とある、伝手、ですか」

リヒトが曖昧にした部分をあえて追及してみると、穏やかな笑顔を浮かべる。

「父の、知己の方です。僕が成人する十八歳になるまで、後見を務めてくれてました」

では成人してから、その後見の人はどうしたのか。喉まで出かかった言葉を口にしようとしたとき――。

「リヒト様」

響く低く鋭い声は、例えるなら紅茶の香りの中に混ざり込んだコーヒーの香りのような違和感があった。コーヒーが嫌いなわけではない。ただ高柳はお子様味覚なために、たっぷりのミルクと砂糖を入れねばならないだけで、味や香り自体は好ましいと思っている。

そんな、コーヒーみたいな雰囲気の男が、茶揉みをするリヒトの前に立っていた。

マレーシアの避暑地と同じように、ここも気温は穏やかだ。しかしマレーシア自体は熱帯雨林気候に属し、まるで日本の夏のように、平均最低気温が二十七度だ。湿度も高いこの国で、きっちりスーツを着こんで涼しい顔ができる段階で、普通の人間ではないと思ってしまう。

禁欲と几帳面を形にしたような梶谷ですら、アジアで仕事をする際には、スーツの生地を少しでも通気性の良いものにするなど、かなりこだわりを持っていた。かくいう梶谷も、かなりの変人だからこそ、当たり前のようにスーツを着ていた。

話は逸れたが、リヒトを呼びに来た男の年の頃は三十代後半、もしくは四十代前半。肌艶は悪くないが、表情がほとんどないこと、眉間に寄せられた皺と、全体から漂ってくる雰囲気から、まったく若さが感じられなかった。

眉は濃く太いせいか、はっきりした目鼻立ちをさらに印象付けている。髪は短く切り揃えられ、前髪は立てられていた。

リヒトを「様」づけで呼ぶからには部下に当たるのだろうが、その態度には結構な威圧感がある。放つ空気感が普通ではない。

「なんだ」

リヒトは男を振り返ることなく、面倒臭そうに応じる。

「お客人のお迎えの方がいらしています」

聞こえないふりをして様子をうかがっていた高柳は、不意に話を向けられて驚きの声を上げる。

「え。迎え？」

気づけば、工場に設置されている時計は十八時を指そうとしていた。

「もうこんな時間だったんだ」

考えてみれば、昼前から山に登り、その後、茶摘みを二時間以上。さらに工場に移動して茶揉み作業を何度か続けた。

その間にリヒトの入れた美味しいミルクティーを飲んだだけ。食いしん坊の高柳にしては、ありえないことだったが、その事実に今の今まで気づいていなかった。

「お腹空いてるわけだ……」

へなへなと腰から力が抜けそうな感覚を味わう。

「僕も、紅茶の製法について、夢中で説明していて忘れていました。申し訳ありません」

高柳の発言で、リヒトも初めてそのことに気づいたらしい。

「工場に戻ったら、紅茶を入れて美味しいお菓子もご用意するつもりでしたのに」

「……あの、今日、僕が摘んだ茶葉はどのぐらい萎凋する必要があるんですか？」

「半日もすれば十分かと」

「飲める状態には、いつなりますか？」

「販売用ではありませんので、今日、体験された手揉みのあと数時間発酵させ、そのあと火入れして乾燥させれば、明日中には飲めるものになります」

「でしたら、明日もう一度来てもいいですか」

「明日、ですか？」

「自分で摘んで手揉みした紅茶を味わってみたいです」

言いながら、「本気か？」と自問する。

一瞬、この場所まで来た今日の道のりが蘇るが、すぐに実際には車で移動可能だということを思い出して安堵する。

「リヒト様、明日は……」

そこまでマレー語で話しかけるが、高柳に気づいた男は、すぐに異なる言語に切り替え、リヒトに聞こえる程度の小声で言葉を続けた。だが、リヒトは最後まで聞き終えても、それに対しては返答なしで、高柳に対してのみ応じる。

「もちろん。ぜひいらしてください」

背後から何か物言いたげな従者の言葉を遮って、リヒトは変わらぬ笑顔で応じてくれる。

「製茶には時間がかかります。その間には、本日提供できませんでした、我が農園の最高級の紅茶と自慢の菓子でおもてなしいたします。先ほどの女性スタッフ含め、みんなで考えて出来上がった最高の菓子です」

「楽しみにしています！」

俄然やる気と元気が出た。

3

「お疲れ」

案内されるまま工場内を歩いていくと、製品を販売する小さな場所があり、その先にエントランスがあった。そのエントランスの車寄せに停まった、黒塗りの派手な車を見て高柳は苦笑する。

「何、その派手な車。悪い人が乗ってますって宣伝したいの？」

「文句なら、運転手に言ってくれ」

ストライプのシャツの袖を肘まで捲り、黒の細身のパンツを穿いたティエンは、くいと顎で車の運転席を示す。軽く屈んで中を見ると、先日と同じく派手な花柄の半袖シャツにデニム姿のハリーが、深くかぶっていたキャップのつばを上げて、軽く頭を下げてきた。

「誰かに顔を見られとまずいの？」

「それについては中で聞いてやれ。ところで智明」

「何？」

「ここ、真っ赤だな」

ティエンは己の高い鼻の頭に長い人差し指を当てる。それが高柳の鼻を指しているのだと理そう」

「詳しいことは追々話す。それよりどっかレストランに連れてって。もうお腹ペコペコで死に

「山登り？　紅茶の試飲しにきたんじゃないのか？」

炎天下の中、山登りさせられたんで」

解し、両手でそこを覆う。

だよ」

「当初はそのつもりでいたんだけど。もう、足腰がくがく。山登りなんてしたの、小学生以来

「美味い紅茶や菓子を、たらふく食べさせてもらったんじゃないのか？」

高柳はティエンが開けてくれた後部座席の扉から中に入った。

両手と両足を伸ばし、シートに深く埋もれていく。

「それよりも、よくここがわかったね」

「ネットで検索したら、当たり前に出てきた」

エンジンをかけ、車を発進させたハリーが、手元のスマホの画面を見せてくる。

「ネットに出てるの？」

「農園の名前自体は出てないが、山の中腹に建物があるってのはわかる。道路も出てる」

渡された画面を眺めて脱力する。

「なんだ、知らなかったのか？」

「個人経営で山の中にあるというから、当然、地図を見てもわからないと思い込んでた……」

だが、よく考えれば、地図アプリを見れば、おおよその場所はわかったはずだ。それなのに、「見つかるわけがない」と思い込んで検索すらしなかった。

「あー、僕はばかだー」

「何を今さら」

走り出した車の反動で、思い切りシートに背を預ける高柳の腹に、ティエンが肘鉄を食らわせてくる。

「うげ……ちょっ」

文句を言おうとした高柳の唇に、ティエンは目を見開いたまま唇を押し当ててくる。キス自体は軽いものだが、終えてからも高柳の反応を楽しむように至近距離で眺めていた。

「俺はそんなバカなお前が嫌いじゃない」

眼鏡の奥の目を細め、驚いたままの高柳の唇を、もう一度軽く啄んでくる。

「おいおい、お二人さん。俺がいるのを忘れたわけじゃねえよな？」

「そっちこそ、もう少しいないふりができないのか？」

ティエンはバックミラーから自分たちを隠すように、手を差し出した。元気ならハリーを揶揄するティエンに乗りたいところだが、さすがにそれだけの気力がない。

「とにかく、早くどこか食べられるところ連れてって。マレーシア料理でも中華料理でもなんでもいいから。お腹と背中がくっつく。冗談でなく」

「嘘言え。この腹がそう簡単にくっつくわけがないだろう？」

ティエンは再び高柳の腹に触れてくる。めっきり運動不足でぷよぷよになりかけている腹の肉は、最近フェイロンが気に入っているらしく、夜寝るときにはずっと揉まれていた。

「ダイエットする……明日から……あ、ダメだ。明日はリヒトさんが、美味しいお菓子を出してくれると言っていた」

「明日？」

ティエンが右眉を上げる。

「そ。明日も行ってくる。萎凋を終えた、今日摘んだ茶葉を手揉みして、発酵させて乾燥代わりに火入れをして、お茶を淹れてくる」

「何を言ってんのかわかんねえな。腹減りすぎて頭おかしくなってんのか？」

「かもしれない。鼻がこれだけ真っ赤になるぐらい、陽に当たったようだからな」

捲っていたシャツを下ろし、宥めるようにそこを撫でてくる。

「詳しい話はご飯食べてからするから、勝手に頭がおかしくなったことにしないでくれないかな」

キナバル山の麓、国立公園の入り口手前辺りには、所狭しと観光客だけでなく、地元の人たちに愛される屋台村が並んでいた。

オレンジ色に光る明かりの元、ランニングに短パン、サンダルといったラフな格好の男たちが、酒を片手に料理を食らう店は、間違いなく美味しいだろう。

移動する車中でもずっと腹の虫は鳴きっぱなしだった。そして車を降りると、匂いに誘われるまま店に入ったものの、当たりだっただろうと思えた。

ハリーに好みを聞かれたが、目につく料理を端から頼んだ。それが油が染みついた木製のテーブルに運ばれてくる。

「そっちの皿の真ん中に、ココナッツで炊いたご飯があるのがナシレマ。添えられたサルサソースは結構辛いから注意するように。そっちがナシゴレンとミーゴレン。マレーシア風チャーハンと焼きそばだ。サテは焼き鳥。それからラクサ。マレーシアの国民料理だ」

「日本でカップ麺になってるらしいよ、ラクサ」

「マジか」

「お前、それ、口癖になってるな」

ハリーの反応にティエンが笑う。

「すまん。つい……これが、オタオタ。魚のすり身に唐辛子や香辛料を入れ、葉に包んで炭火で焼いたもの」

「知ってる。シンガポールでも食べた」

高柳はハリーの説明を聞きながら、その料理をひとつひとつ手元の皿に運んでいく。その中から最初にオタオタを食べるべく、葉の包みを開いた。

「すっごい、いい匂い。じゃ、いっただきまーす」

かなり大きめにかじりつき、ムシャムシャムシャと三回咀嚼（そしゃく）したところで動きを止める。

「どうせならビールが飲みたいところだ」

ティエンの発言に「それなら中華（ちゅうか）系ホーカーズ行かねえとな」とハリーが応じる。その横で高柳がティエンの腕を引っ張る。

振り返ったティエンは、高柳が涙目（なみだめ）になっていることに気づく。

「どうした?」

「か、らい……」

「シンガポールでは平気な顔をして食べてただろう?」

「辛さが、違、う、痛い……」

我慢（がまん）できず、高柳は舌を出して冷やす。だがそれで辛さが消えるわけではない。

「これ、飲め。少しはましだろう」

ハリーは急いでジュースを頼んでくれた。

「何、これ」

赤い。スイカかと思うが、別の甘い香りが強い。

「とにかく飲んでみろ」

「何か教えてくれたって……」

ぶつぶつ言いながらも、手にしたジュースに添えられたストローを咥えた。ぐっと一口飲むと、驚くほど甘い濃厚な液体が、独特の香りとともに口の中に広がった。

辛さが中和されて、鼻に抜ける香りでようやく気づく。

「薔薇だ」

濃厚な甘さはおそらくコンデンスミルク。

「バンドゥンっていう、結婚式の必須ドリンクだ」

「この甘いのが？」

「マレーシアじゃ、赤い色はめでたい色とされる。中華系の移民が多いせいもあるんだろうがな。ちなみに、赤い理由はローズシロップを使ってるからだ」

「シロップにコンデンスミルク加えてるんだ……」

どうりで甘いはずだ。レシピを聞いたティエンが隣で嫌そうな顔をしていた。

高柳は中身を知った上で、ストローでぐるぐる混ぜてもう一度吸い上げる。

「インドのラッシーみたいな感じじか」

おかげで辛みはかなり消えていて、魚のすり身の旨味だけが残っている。

だから、先ほどの辛みの衝撃は忘れられないものの、また試してみたくなる。

「え、それで食べるのか？　やめといたほうが……」

「止めても無駄だ。食い物に対するこいつの探求心は半端じゃないからな」

「なんとでも言って」

気にせずに高柳は再チャレンジする。

先ほどよりは小さめに齧り、舌の手前側にのせて咀嚼する。

口に入れた瞬間は、さほど辛みは感じない。旨味と、むしろ甘さがある。

「あ、これなら……っ」

いけるかもしれないと思ったその直後、先ほどと同じ強烈な辛みが襲ってきた。だが先ほどみたいなことにはならない。手元には最強のドリンク、バンドゥンがあるのだから。

と、表向きは平静を装いつつ、内心汗だくでバンドゥンを飲むと、先ほどと同じく辛みが緩和される。そうしたらまた食べたくなる。

「これ、怖い食べ物だ。もしかしてバンドゥンの甘さで太らせようという魂胆じゃ……」

「お前、使い慣れない体力消費して、頭おかしくなってるぞ」

さすがに三口目は、隣から伸びてきたティエンの手により阻止された。

「ハリーは食べるの？」

「辛くない味つけだとわかってたら食うな」

「えー。それなら先に言ってよ」

「悪かった。だが俺はあんたが辛い物が得意なのか違うのか、よく知らねえからさ。どうせなら名物料理食ってもらいたいだろう？　それにシンガポールでも食ったたって言ったのは他でもないあんただ」

「それはそうだけど……」

ちらりとラクサを見る。

「他の料理も辛い？」

「こっちは平気だな」

先に食べていたティエンが平然と応じて、どんぶりを高柳の前に置いてくれる。

ココナツのとても良い香りがする。ほんのり赤みがあるのも食欲をそそる。

空腹で倒れそうで、最初に食べたのがよりにもよって超のつく辛さの料理で、まだ最高潮に空腹なのだ。

万が一ここでまた辛いものだったら、自分は倒れてしまうだろう。

高柳は恐る恐る箸を手にする。

ラクサは、中国系移民のプラナカン発祥の、ニョニャと言われる料理の代表的な麺料理だ。

ココナツミルクとサンバルをたっぷり使っていて、濃厚なスープが特徴――なのだが、レシピ内のサンバルが曲者なのだ。

チリソースの一種だが、辛さの度合いの幅が広い。以前、高柳がシンガポールで食べたものは、程よい甘さと、程よい辛さのものだった。日本で販売されたカップ麺も、辛さは追加にしてココナツの味を前面に押し出していたと聞く。

ティエンが毒味をしてくれているものの、もしかしたら高柳を騙すために、捨て身で嘘を吐いているかもしれない。ティエンはドSなのだ。

「嘘吐いたら針千本飲ますから」

「嘘じゃない」

だから安心して食べろと、ティエンは高柳の背中をさすってきた。慣れ親しんだ温もりと優しさに励まされるように、高柳は細い麺をそっと啜ってみる。

「……あ」

エビの味がする。それから、鶏肉。辛味よりも酸味が口に残った。

結果。

「……美味しい」

「だろう?」

ティエンのどや顔に少々カチンとしつつ、高柳は食を進める。この味は癖になる。

「あー、ビール飲みたい!」

「そればっかだな、お前ら」

「この甘いバンドゥンじゃ、料理を楽しむ感じじゃないから」

「まあ、な……それで、改めてなぜ明日も行くことになったか話してくれ」

ラクサに続き、ナシゴレン、ミーゴレンと食べ、やっと高柳は人間らしい感覚を取り戻してきた。頭の中に食事以外の思考が生まれている。

「主目的はさっき言った通り。自分で摘んだ茶葉を紅茶にして味わいたい」

「他の目的は？」

淡々とした口調でティエンは聞いてくる。

「ひとつは、あそこの焼き菓子」

「食い意地か！」

ハリーが噴き出した。

「女性スタッフさんがめちゃくちゃいい人でね。その人の作る焼き菓子、絶対、美味しいと思う」

「食ってないんだろう？　それでも言い切れるのか？」

「まあ、勘かな」

「勘？」

「智明の勘は侮れない。あのヨシュアとカードでゲームして勝てるぐらいだ」

「悪い。ヨシュアが強運の持ち主なのは知ってるが、だからってゲームが強いかまでは知らねえから、今の説明でどれだけ高柳がすげえのかわからん」

「……そりゃそうだ！」

至極まっとうなハリーの発言に、高柳は思い切り同意する。

「僕らの周りの人間はヨシュアのことをよく知ってて、カードゲームを一緒にしたこともある人ばっかりで、一般的な見方というのができていなかった。今のハリーの意見が、ごくごく普通だ」

高柳はなんだか嬉しかった。

「大したことないんだよ、ヨシュアなんて」

「別にそういうことを言ってるわけじゃねえが……」

高柳の断定に、ハリーは少しだけ慌てた。

「君もヨシュアに恩着せがましく、なんらかのことを黙ってる代わりに、雇ってやるからウェルネスのために働けとか言われてんでしょ？」

「あ、いや、まあ……」

「あの男はそういうズルい男なんだ。人の弱味が大好き。あーむかつく」

言葉と同時に、握ったフォークを皿の上にある肉に突き刺す。

「……高柳？」

「五十戦、四十勝、十引き分け」

にやにや笑いながらティエンが口を開く。

「……何が」

「ヨシュアと智明のポーカーの勝敗」

「ちなみに……？」

どっちの成績かとハリーの視線が問うてくる。

「僕が四十勝。当然」

「へえ……」

五十戦が多いのか少ないのか、今ひとつ判断ができないのかもしれない。

「ちなみに、それ以降もヨシュアは智明に戦いを挑んだ。だが、智明は受けていない」

「だって面倒だし」

あっさり言い放つ高柳は、通りがかったスタッフに「ナシゴレン。もう一皿」と頼む。

「それで、お前の勘は、何に関するものだ？」

「あの紅茶は金の卵だ」

「金の生る木の間違いじゃないのか？」

「オーナー次第だけど、あんまり派手に立ち振る舞うと面倒なことになるんじゃないかなあ」

「面倒？」

「リヒトさんの……あ、オーナー、リヒトさんていうんだけど、彼の部下、君らと同じ匂いがした」

「匂い？」

「俺、匂うか？　今朝、出て来る前にシャワー浴びたんだが……」

怪訝な顔をするだけのティエンと違い、ハリーは場を和ませようとしているのか、大袈裟に己の匂いを嗅いで見せる。

「きな臭いって言うのかな。生きている人間の放つ、独特の匂いがある。空気感というのかもしれない。あ、次、デザート？」

料理を堪能したあとはデザートに移り、ニョニャ料理の菓子が出てくる。揚げバナナ。マレーシア版かき氷であるアイスカチャン。やはり極めつけはマンゴースイーツ。

「ああ、美味しい」

アジアで仕事をしていると、日本にいるよりもマンゴーを食べる機会は多い。だが国それぞれで少しずつ味が異なる。ねっとりとした食感のものもあれば、多少の歯ごたえを感じるものもある。華やかな香り、癖のある香り。

マンゴーとひと口に言っても様々だ。

紅茶も同じなのだと、改めて気づかされた。

多くの銘柄があり、多くの産地がある。それぞれまったく味わいも風味も違う。そんな中で比較的稀なのが、マレーシアの紅茶だ。

シンガポールでマレーシアの紅茶を知り、さらにサバ州の紅茶の存在を知り、今回のリヒトの農園に辿り着いた。

いざ実際、リヒトの紅茶を飲んで、新たな気持ちが芽生(めば)えた。紅茶について語れる知識はない。だがあの紅茶はとてつもなく美味しかった。美味しい紅茶を、より多くの人に知ってもらいたい。

生産量を考えれば、大規模な流通は難しいだろう。だからウェルネスの頃なら諦めていた取引も、個人として行うならば「あり」だ。

「空気感って具体的にはどんなだ？」

デザートを堪能している高柳に焦(じ)れたのか、ハリーが突っ込んでくる。

「さっき君らが迎えに来てくれたことを知らせてくれた人がね、どうも普通じゃなかったんだ。たぶん、君らと同じ世界に生きてる人っぽい。マレーシアの人みたいだから、ハリー、何か知ってるんじゃない？」

スプーンですくったマンゴーアイスを口に運んでから告げると、ティエンが視線をハリーに向けた。

「あー、高柳は俺が『何者』か知ってるのか？」

周囲を気にしてハリーは声を抑(おさ)えた。

「ウェルエスのマレーシア担当。そこそこアブナイところ出身。レオンの知り合いだから普通じゃないだろうね」

今更ながらの確認に、高柳は平然と応じる。その返答でハリーはティエンに視線を向ける。

「俺は何も話してない」

「なるほど。勘はそっち側にも働くわけか」

「そっちがどっちか知らないけど、ヨシュアが気に入る人間が普通なわけないし」

「それ、自分も含めてるとわかってるのか?」

大きな口にマンゴーを放り込む高柳の横顔を眺め、ティエンは呆れたような顔をする。

「まさか。僕以外の話に決まってる。で、ハリーは何者なのか教えてくれる?」

己の発言に、ティエンが肩を竦めたのは見なかったことにする。

「知ってる通り、俺の名前はハリー・ホアン。ハリーは通り名で、本名は、黄顕楊」

「……そういえば、黄ってことは、『あの』黄グループと関係ありということ?」

たった今気づいたように、高柳はハリーに確認を取る。

マレーシアにおいて、客家系企業の黄グループを知らぬ者はない。まさに、ゆりかごから棺まで、あらゆる分野に手を広げている、マレーシア最大の企業グループである。

「俺の母親がシンガポール政府公認の売春地区、ゲイランで取っていた客の一人に、たまたま黄グループのトップがいた。その後、色々あって、実質今のトップだ」

「その色々に、レオンとかウェルネスが関わってるのかな」

「まあ、そうだな」

「ハリーは幼い頃、侯に面倒みてもらってたらしい」

ティエンがつけ足すと、高柳の顔がぱっと明るくなる。

「なんだ。元々レオンの知り合いでウェルネスの関係者、おまけにフェイロンのお兄ちゃんみたいなものだから、身内も同然だ」

「は？　ティエンじゃなく、フェイロン？　フェイロンというのは昨日一緒にいた、子どものことだよな？」

「そう。それから話が横道にそれたけど、ハリー、君はあのリヒトさんの部下と面識があるよね？」

確認する問いで、ハリーの表情から感情が消える。

「……どうしてそう思う？」

否定はしない。

「僕を迎えにきてくれたとき、本来ならマレー語が堪能なハリーがあの人に取次をするのが普通だ。でも僕がエントランスへ向かったとき、車の外で待っていたのはティエンだっただけでなく、ハリーは明らかに人目を避けるようにしていた」

「……他には？」

「あとはマレーシアで生活しているとか、元々危ない空気感があるとか、そういうことだけど、具体的には今話したことだけで十分でしょ？」

残っている菓子を口に運びながらの会話ゆえ、本来なら緊迫感が張り詰める場面でも、どうしても緩くなってしまう。

「俺はかつて、腹違いの兄貴がやっていた、いわゆる黄グループの裏稼業を担当していたことがある」

「具体的には？」

「天使の翼という、やばい薬を取り扱っていた」

ハリーの声が一層低くなる。

「天使の翼は、元々、揺頭丸の名前で市場に出回っていた薬の改良版だ、日本ではエクスタシーの名前で広まった」

メチレンジオキシメタンフェタミン、MDMAという化合物を含んだ薬は、セロトニンを過剰に放出させることで、不安を取り除き高揚感を高める。若者の間ではセックスドラッグとして一世を風靡した過去があった。

天使の翼と称されたのは、その名前の通り、服用によって天使の幻覚を目にするからだ。

「その最大の輸出先がマレーシアで、おそらく取引の際に何度か、あの男の顔を見たことがある」

「かなりやばくない？」

「やばいなんてもんじゃねえ。一歩間違えたら、あの男は古傷を探られかねない……」

「違う違う」

眉間に寄せられたハリーの皺に高柳は指を突き立てる。

「危ないのはハリー」

「え？」

「今は大丈夫なの？」

「あ、それは、さすがに……」

突然に高柳に気遣われて、ハリーはどういう反応をしたらいいのかわからないのか、あからさまな動揺を見せる。

「きっちりカタを着けたからこそ、表に出てきたんだよな」

ティエンはハリーに伸びていた高柳の腕を横から摑み、言葉でもフォローを加える。

「あ、ああ、もちろん。俺の会社はともかく、世話になったウェルネスにも翼にも迷惑かけられねえから……」

「黄グループは安泰、と」

高柳は右の手をティエンに預けたまま、左の手で、皿の上に残っていたクリームで大きな丸を描く。

「じゃあ、逆はどうなんだろう」

「逆？」

「リヒトさんの部下の人。それから――リヒトさんもかな」

続けて高柳が口を開く。

「で、リヒトさんって何者なわけ？」

あまりに今更な問いに、ハリーは目を見開き、ティエンは苦笑するしかなかった。

4

イスラム教の国において、皇帝や王と訳される『スルタン』は、マレー語やトルコ語において君主や支配者を意味する。

連邦立憲君主制国家であるマレーシアの国王は、国内にある十三の州のうち、スルタンが存在する九つの州から輪番制で国王が選出されている。国王は「ヤン・ディ・ペルトゥアン・アゴン」一般的に「アゴン」と称される。

現国王の任期が残り二年となる頃から、次期の国王に選出される予定の領主の体調が芳しくないという噂が流れてきた。

領主は正妻との間に、息子が一人、娘が三人いる。

四十歳になる長男は頭脳明晰かつ穏やかな人柄もあって、領民からの支持も高く、側近とともに伏せりがちな父をよく補佐していた。大学卒業後から積極的に政治にも参加し、福祉活動にも力を入れていた。領主が次期国王となった暁には、これまで同様に長男が父をサポートしていくだろうと信じて疑わなかった。

そんな長男が、今年になって領内を視察中に事故に遭った。

一命は取り留め、将来的には日常生活も十分一人で営めるようになると言われている。しかし、領主としてや、領主のサポートを行うのは難しいだろうことは、誰の目にも明らかであった。

州の領主は男子の世襲制だ。

結果、後継者争いが勃発した――という。

「誰と誰が?」

高柳が聞くとティエンが答える。

「正妻以外の女性との間に生まれた息子だ」

「そういえば、多妻制だったね」

マレーシアでは、教徒の男性は、様々な条件があるものの合法的に四人まで妻を持つことが可能だ。

公にされてはいないものの、正妻との間に息子が一人しか生まれなかったこともあり、側妻との間に、今年、十歳となる息子をもうけていたのだ。

当然といえば当然なのだが、その子を後継者とする流れになりかけた。だが如何せん、後継者としてはあまりに幼い。

さらには、側妻の勢力が強くなることを危惧した正妻が、ある切り札を用意した。

もう一人の隠し子である。

「それが、リヒトさんか」

夕食の場で、高柳はハリーに尋ねた。

「リヒトは何者か」と。

それに対してハリーは答えた。

「次期国王になる可能性を秘めた存在」である、と。

実に遠回しで曖昧な表現に理解できなかった高柳は、ホテルの部屋に戻ってから、向かい合わせの状態でバスタブに浸かってからも、ティエンを質問攻めにした。

「ティエンの話を聞くと、ハリーがあんな風な言い方をするのもわかるけど」

「何が引っかかる？」

「状況に鑑みれば、リヒトさんは本来なら一番王位に近い存在だ。それなら、『可能性を秘めた』、なんて言わないんじゃないかと思って」

「考えられるのは、リヒト自身が王位を望んでいないということだな」

「もしくは、王位足りえないということか」

手にしたタオルを水面に置いて空気を吸わせる。

「くらげ」

「王位足りえないというのはどういうことだ？」

しかし、ティエンがあっさり膨らんだタオルを水に沈めていく。

「あ……っ」

ブクブクと小さな気泡を浮かべ、昇天した。

タオルを押さえつけたティエンの手が、投げ出した高柳の太腿にあるものに触れる。

元々、白い肌は赤く上気し、そこにくっきりと龍の絵柄を浮かび上がらせている。

「ティエンっ」

「王位足りえないとは、どういうことだ？」

先ほどの問いを繰り返される。

「言葉の通り。何か事情があって、王位につけないのかなと思っただけ。具体的にそれが何かわかったわけじゃない」

「今日、具体的に何か話を聞いたんじゃないのか？」

「お母さんが日本人の血を引いてることは教えてもらった」

「父親が誰かは聞いたのか？」

「さすがに。お母さんの話を聞いたのも茶畑の話からだったし……明日なら、もう少し突っ込んだ話ができるかも……そこ、気持ちいい」

高柳は自ら腰を深く湯船に沈め、ティエンの愛撫を受けやすくする。愛撫というよりもマッサージに近い。内腿や股関節を柔らかく刺激されると、今日、長時間歩いたことで疲労がたまっていた筋肉が、急速に解れていくようだ。

だが、その手の動きが変わった。

「……明日……」

「ちょ、っと、ティエン。痛い！」

予想外に指が下肢にめり込んで、高柳は腰を捩った。その状態で、ティエンに肩をバスタブに押しつけられる。ぎりぎりで堪えなければ、そのまま頭が湯の中に埋もれていた。

「本気で行くつもりなのか」

「うん」

「あっちはいいと言ったのか？」

「もちろん……あ、でも、リヒトさんの部下がその話をしているとき、中国語で何か言ってた」

「中国語で？」

ティエンが怪訝な表情になるの見て、高柳は自分の肩を押しつける男の腕から逃れようと体を傾けた。

「僕が店のスタッフの女性とマレー語で話しているのを見てたからじゃない？　日本人だとわかってただろうから、中国語なら聞き取れないとでも思ったんじゃないかなあ」

「どうしてそれを先に言わない」

「忘れてた」

「おい……」

「ホントに忘れてたんだ。僕自身は普通に聞き取りできてたから、そんなに違和感覚えなかったし……それよりも、腕、どけて。このままだとのぼせる」

淡々とした口調で高柳が言うと、ティエンは今の体勢に気づいたらしい。腕をどけると、高柳は「よいしょ」と言って立ち上がる。

「おい、それで、中国語で何を言ってたんだ」

「続きはベッドで。ティエンもそろそろ限界でしょう？」

高柳は笑いながら、勃起しかかっているティエン自身を爪先で突いた。

濡れた体を満足に拭うこともなく、戯れるようにしてベッドに倒れ込む。

トゥンク・アブドゥル・ラーマン国立公園に面し、専用の桟橋もあるこのホテルグループは、元々はマレーシア出身の華僑企業がシンガポールにオープンさせた。ファミリー向けで、窓から見える景色をフェイロンが気に入ったために予約した。だが、所要のため香港へ戻らねばならなくなり、残念ながら当人はこの地を訪れることは適わなかった。

朝、ごねるのがわかっていたため、フェイロンが寝ている間に、迎えに来たゲイリーが連れて行った。起きてからはさぞかし大変だったことだろう。

「何を考えてる？」

胸元を愛撫されながら、思い出し笑いをした高柳を、ティエンは上目遣いに睨んできた。

「フェイロン、元気かなって」

「この状態で他の男のことを考える余裕があるのか」

「他の男って、フェイロンだよ？　君の息子も同然の」

「甥だ。お前に至っては一滴も血のつながりはない」

ティエンは口角を上げて強い口調で言う。

「それはそうだけど……っ」

乳首に歯を立てられ、声にならない声が溢れる。

「あと五年もしてみろ。お前に手を出そうとする奴には、今以上の独占欲を発揮するぞ」

丁寧に指先で一方の乳首を撫でながら、もう一方を舌の先で転がされる。高柳以上に高柳の体を熟知しているティエンの愛撫で、あっという間に体が高揚してくる。

湯船に浸かっている間に、足の龍はくっきり肌に浮き上がっている。快感で小刻みに体が震えるたび、龍も身震いするのがなんとも淫靡だ。

「ティ、エン……」

「気持ちいいんだろう」

甘い声に高柳は素直に頷く。

「ここ、好きだよな？」

「う、んっ」

乳頭をかりっと噛まれる、尖った歯の先が皮膚を突き破るような感覚が、脳天にまで突き抜けていく。己の舌技で高柳が感じているのがわかっていて、ティエンはまだ焦らすように、齧った場所に舌をぐっと押しつけ、嘗めてくる。

「んん……っ」

小さな細胞のひとつひとつを愛撫するかのように、じっくりねっとり移動する。

「焦らすな」

「焦らしてない。丁寧に愛撫してるだけだ」

ティエンはにやにや笑って、さらに乳首を摘み、引っ張ってきた。

「それ……」

「気持ちいいんだよな。少し痛くされるぐらいが」

「違……っ」

否定しようとしたタイミングで、ぎゅっと爪を立てられる。同時に、足の間の欲望が硬くなったことは、高柳と重なるように抱き合ったティエンにはまるわかりだ。

「硬くなってる」

そしてあえて口にされる。

胸への愛撫だけでなく、もっとはっきりとした快感が欲しい。

シーツの上に足を滑らせ、淫らに腰を揺らしてみせるが、そう簡単には誘いに乗ってくれない。

もどかしさに膝を立て、軽く腰を浮かせたところで、ティエンは高柳の反応を楽しむだけだ。

「……ズルい」

「ズルくなんてないだろう？　お互い、楽しんでるんだから」

楽しくないとは言わないものの、より楽しんでいるのはティエンだ。

「……僕もやる」

ティエンの肩を摑んで押し返すと、抵抗はしなかった。

高柳は投げ出されたティエンの足に跨り、叢の中で硬くなりつつある彼のものへ手を伸ばす。

何度も見ていても、改めてこうして目にすると、照れや羞恥心が生まれてくる。

先端に軽く触れると、ぶるっと大きく震え、硬さを増した。

既に濡れた先端には、とろりとしたものが滲んでいる。

「嘗めていい？」

邪魔な毛を両手で肌に押さえつけている間にも、ティエン自身は存在を誇示するようにそそり勃ってくる。浮き上がった血管が脈動する様を見ていると、高柳の鼓動も高鳴ってくる。

「ダメだと言ったところで嘗めるだろう？」

もちろんこの状況でダメだとティエンが言うわけもない。互いに互いを知り尽くした状態で、お互いを試し、煽り合う。

「もちろん」

両手でティエンを包み込み、先端からかぶりついていく。当然、歯を立てることはなく、上唇と下唇を使って柔らかく食む。

そして強く吸いあげる。

「……っ」

最初の頃、高柳はこの行為が下手くそだった。口淫だけでなく、セックス自体、下手だっただろう。もちろん過去形でなく進行形かもしれないが、当時と比較すればかなり経験は積んだのは間違いない。

それも相手は一人、ティエンに限られている。上達するのは当たり前だろう。

ティエン自身を愛撫するのも、慣れた行為だ。ティエンが自分にするように、高柳も真似から始めた。舌全体を使い、小刻みに吸いあげていると、手の中の欲望が硬度を増してくるのがはっきり伝わってくる。

軽口を叩き高柳を揶揄していても、ティエン自身、感じている。それがはっきりわかるから、高柳も興奮してくるのだ。

ぴちゃぴちゃとわざと猥雑な音を立て、ねっとりと硬くなったものに吸いつく。血管に沿って舌を移動させ、先のほうをじゅっと音を立てて吸う。

「んっ」

上下する腹を眺め、その動きに合わせて顎を使う。

（もう少しかな……）

一度、性器から口を離し、改めて根元に舌をぐっと押し当てる。後ろ側に手を添え、小刻みに強弱を付けて嘗め、たまに歯を立ててみれば、しっかり反応を示してきた。

（あ、いい感じ）

もっと強い愛撫を続けようと夢中になっていると、不意に下肢に違和感を覚える。なんだろうかと頭を上げて状況を理解する。

いつの間にか体を起き上がらせたティエンが、尻を突き上げるような格好で口淫に夢中になっていた高柳の後ろへ、指を伸ばしている。

「………っ！」

驚きに声を上げようとするものの、ティエンは空いているほうの手で高柳の後頭部を押さえつけてきた。

喉の奥までティエン自身を銜え込んで、息苦しくなる。その状態で後ろを弄られてしまうと、何も考えられなくなってしまう。

「ん……っ、く、ふぅっ」

溢れる呼吸を堪えることができない。

何度繰り返しても、ティエンから与えられる愛撫に慣れることはない。そのまま身を任せてしまいたい衝動に駆られながらも、ぎりぎりで堪えて必死に口腔内のティエンを刺激する。

上顎に伝わる先端の震えや強くなる脈動に、高柳自身も煽られる。

(感じてるんだ……)

硬く怒張したティエンが自分の体内に挿ってくる。熱く熟れた内壁を擦り、溢れてくる愛液を潤滑剤代わりにして、高柳も知らない場所を突き進む。

(想像するだけで疼いてくる……)

赤く充血し、濡れても尚、獰猛性を失わないティエン自身。

強く、緩く、巧みなまでに緩急を織り交ぜて律動されるたび、高柳の体の中はドロドロに溶かされていく。

ティエンの言うように、痛くされるのが好きなわけではない。むしろ痛覚は苦手だし、できれば避けたい。高柳が求めるのは、痛みと快楽の間のギリギリの感覚だ。

正直を言えば、下腹が痛いぐらいに締めつけられ、浅く深く擦られているうちに、痛みなのか快感なのかわからないところがある。

でも相手がティエンである以上、真に傷つけられることはあり得ない。極みに達した瞬間、射精するのは当然で、涙も溢れてしまう。

想像したタイミングでティエンの指が、腹の内壁を爪で強くひっかいてきた。ティエン自身による強烈な刺激とは異なるが、一瞬の荒々しい感覚が、一気に脳天まで突き抜けていく。

「……っ」

声にならない声が上がり、全身が一瞬硬直する。銜えていたティエン自身に歯を立てずに済んだのが奇跡に等しい。

直後、小刻みに内腿が震える。触れられていなくても既に完全に勃ち上がっていた高柳の先端からは、堪えようとして堪えきれなかった蜜が零れ落ちていた。

「指だけでもうイッてるのか」

自分から仕掛けた上に高柳に下肢をしゃぶられていながら、声色は平然としたものだ。ティエンから口を外した高柳は、濡れた唇を無造作に手の甲で拭いながら、体を起こして目の前の男を睨みつける。

「当然だろう。君に触られたら、すぐにでもイッちゃうの、知ってるだろう?」

甘い声で文句を言いながら、高柳はティエンの肩に手を置く。一本ずつ肌に触れていく様は、普段の明るく幼く見える高柳とは異なる。

濃厚な艶で『香港の龍』を翻弄した、当人ですら自覚のない、淫らで、己の足に龍を刻むほどの苛烈な本性が、艶やかに顔を見せる。

「ティエン……」

指の腹で首から顎を辿り、形のいいティエンの唇をそっと撫でる。いまだ掛けられていた眼鏡を外そうと手を掛けるが、顔をふいと横に向けられ拒まれる。

「外したら、智明の可愛い顔が見えないからな」

「……何度も見てるくせに」

「何度でも繰り返し見たい」

羞恥に頬を染める高柳に、ティエンは嫣然と微笑みながら触れるだけのキスをする。

「ズルいよ、ティエンは」

「俺は事実を言ってるだけだ」

そしてまた触れるだけのキスをする。角度を変えて二回。湿った互いの唇は、離れていくときに追いかけるような反応を見せる。

「お前だけだ。この俺を振り回して翻弄し続けるのは。出会った頃から今までずっとだ」

高柳の背に伸ばされたティエンの手が、優しく肩甲骨辺りから臀部へと移動する。

優しく、決して怖がらせないように。

先ほどまで弄っていた場所へ再び指を滑らせるときも、優しく触れてくる。高柳はその手を避けて、自らその場所を指で開いた。腿に浮かび上がった龍は、高柳の足に絡みついているように見える。

「智明……」

「僕だって同じだ」

改まって己の想いを言葉にする。

「君に出会った最初のときからずっとずっと、僕は君が好きだ。初めて抱かれたときからずっと、君のことが欲しくてたまらない」

屹立したティエン自身に手を伸ばし、ゆっくり自分から腰を下ろしていく。

「……ん…っ」

ティエンの指で解され、これまでに何度も体を繋いでいようとも、挿入の瞬間は特別だ。別々の体が一つに繋がる。自分では触れられない奥の奥にティエンが入ってきて、そこで高柳の体を内側から愛撫する。

体温を分かち合い、快感を貪り合う。本能と本能がぶつかり、獣みたいに快感だけを追求する。

「気持ちいいか？」

「うん……」

ティエンの問いに、高柳は幼い子どものように応じる。

「さっきからずっと気持ちいい。でももっと、ティエンのこれで気持ちよくなりたい」

高柳の言葉に応じるべく、ティエンは下から突き上げてきた。

「あ、あー……、ティエンが……奥に、挿ってくる」

快感ゆえに上手く動かない口で、高柳は必死に己の体内の反応を言葉にする。

「ああ。すごいな、お前の中。食いちぎりそうなぐらいに強く俺を締めつけてくる」

無意識に体に力が入っているのだろう。ティエンの声色が微かに極まったものに変化している。気づけば彼の手は、高柳の足にある龍を愛しそうに撫でている。

慈しむような手技に胸が締めつけられる。

「もっと……きて、ティエン……」

もどかしさゆえに高柳はティエンの上で激しく腰を振る。上下に、左右に、ティエンの腰に己の腰を押しつけるように、ねっとりと淫らな動きをする。

誰に教えられたわけでもない。どうすれば一番気持ちがよくなるか、体に覚え込まされた。

快感に素直な高柳は、うっすら開けた濡れた瞳でもティエンを誘う。

「ティエン……もっと、欲しい」

「煽るな……っ」

「ティエン……ティエン……っ」

ひたすらにティエンの名前を繰り返し、高柳はただ快感を貪る。どうやって動けばより強い快感が得られるか、どうやれば気持ちよくなるのか、高柳の体のことはティエンが一番知っている。

「いい……気持ち、いいよお……ティエン……もう、達かせて……ねえ……」

そして高柳も、ティエンのことを誰よりも知っている。頭で考えずとも感情や本能がティエンを煽り立てる。

　体が勝手に反応し、体の中の欲望を甘く締めつける、

「智明……てめ、え……いやらしく、締めつけやがって……」

「締めつけてなんてない……もっと強く、突いて」

「だったら、少し緩めろ」

「無理」

「無理じゃないだろう」

　ティエンは高柳の前を空いた手で握ってきた。

「ダメ、そっちは……あ、あ、あっ」

　抗う余裕もないまま、内側からだけでなく前からも強い快感を与えられて、高柳はわけがわからなくなる。

　混乱したことで無意識に入っていた体の力が抜けて、ティエンがより深い場所まで辿り着く。

「や、あ……ん……っ」

「ここに欲しかったんだろう」

　捩ろうとする高柳の体を押さえ、ティエンはそのまま最奥を小刻みな動きで擦ってきた。

「そ、こ……ティエン、気持ち……いい、いい……達っちゃう……達くっ」

「達けよ、そのまま、ほら」

言葉と同時に、ぐっとティエンが一際（ひときわ）大きく腰をグラインドさせた瞬間、高柳は「あ」と短い声を上げてそのまま動きを止めた。

「…………っ」

全身が痙攣（けいれん）したかように震え、ティエンの手の中にあった高柳がドクドク強く脈打ちながら、先端から愛液を溢れさせる。

「……はあ……っ」

高柳は力が抜けた体をティエンに預け、額を肩口に押しつけて、そこで荒い呼吸を繰り返す。

体の奥深い場所では、今もティエンが硬さを失うことなく強い脈打ちを繰り返している。

それに気づくと同時に重なり合った二人の体の間から、高柳が放ったものがどろりと滴（したた）り落ちてきた。

「……いっぱい、出しちゃった……」

いまだ極みに達した状態から抜け出ていない高柳は、己が放ったものを指で掬（すく）ってから甘えるような口調で言った。

「お前は……っ」

ティエンは繋がったまま高柳をベッドに押し倒し、腰を高く掲げた状態で、一度己をギリギリまで引き抜いていく。

「え……何……」

高柳は状況がわかっていない。だがティエンはそんな様子は無視して、引き抜いた分を一気に貫いた。

「あ――っ」

激しい動きに、高柳の口から嬌声が上がった。その口を塞ぐように、ティエンが噛みつくように口づけた。

「……ん」

激しく互いの舌を貪り、腰を先ほどより激しく動かす。高柳の足に浮かび上がった赤い龍は、より色を鮮明に変えていく。

息苦しいのか高柳が必死に何かを訴えようとしている。

「ん……ふう、う、……っ」

「なん、だっ」

「達った、ばかり、なのに」

腰を動かすたび、肉の重なり合う音が激しく部屋の中に響く。

「お前は二度達ったな。でも俺はこれからだ」

ティエンは高柳の膝の裏に腕をやって、その手をベッドに押しつけ、さらに体を前に倒す。

結果、より繋がりが深くなる。

「もう無理……」

言いながら、高柳の乳首がきゅっと硬くなり、射精したことで一度は萎えた性器も、またぷるぷる震えていた。

「何が？　まだ達けるだろう。お前の中は、ぎゅうぎゅう俺に吸いついてきてる」

改めて言われずとも、高柳は自分の反応がわかっていた。

ティエンの存在を許容した体内は、より深い場所に連れていこうと変化している。

「わかるだろう？」

ティエンは高柳の耳朶を甘く噛みながら囁く。

「お前の中が、俺を奥まで引っ張っていこうとしている……」

「違う……」

「違う？　だったら、ここでやめてもいいのか？」

否という高柳の返答がわかっていて、わざとティエンは腰の動きを止める。高柳の体の内側では、激しく二人は求め合っている。

「……意地悪しないで」

ここで意地を張れるほど高柳は強情ではない。

「嫌」も「違う」も、すべては逆の意味となる。

「最初から素直になれ」

ティエンは苦笑する。

「……なんて、そういうお前がどうしようもなく可愛いんだけどな」

吐息交じりの呟き(つぶや)は、自身の喘ぎ(あえ)声に紛れ(まぎ)てしまって、高柳当人の耳には届かなかった。

お手数ですが
切手をおはり
下さい。

郵便はがき

1 0 2 - 0 0 7 5

東京都千代田区三番町8−1
三番町東急ビル6F
㈱竹書房　ラヴァーズ文庫

「龍虎の甘牙」

愛読者係行

アンケートの〆切日は2023年7月31日当日消印有効、発表は発送をもってかえさせていただきます。

A	フリガナ 芳名					
B	年齢　　歳	C	女 ・ 男	D	ご職業	
E	ご住所 〒					
F	購入方法	・書店　・通販　・その他（　　） 電子書籍を購読しますか？ ・電子書籍メインで購読している　・ときどき購読する　・購読しない				

※いただいた御感想は今後、「ラヴァーズ文庫」の企画の参考にさせていただきます。
なお、御本人の了承を得ずに個人情報を第三者に提供することはございません。

「龍虎の甘牙」

ラヴァーズ文庫をご購読いただきありがとうございます。

2023年４月の新刊のサイン本(書下ろしカード封入)を抽選でプレゼント致します。帯についている応募券を貼って、アンケートにお答えの上、ご応募下さい。

H	●ご希望のタイトル ・龍虎の甘牙　ふゆの仁子／奈良千春 ・二匹の野獣とオメガの花嫁　西野 花／國沢 智
I	●好きな小説家・イラストレーターは？
J	●ご購入になりました本書の感想をお書きください。 タイトル： 感想：
K	●プレゼント当選時の宛名カードになりますので必ずお書きください。 住所 〒 氏名　　　　様

応募券を貼って下さい

5

「『明日はスルタンの使いがやってくる予定です』——だった」

改めてシャワーを浴びた——正確には、ティエンに無理やり体を洗われたあと——肌触りのいいパジャマの上着に身を包んだ高柳は、メイキングされたまま、使わずにいたベッドの中にすっぽり肩まで埋まっていた。ティエンは上半身裸で、ボクサーパンツだけ穿いている。

指一本すら動かすのも面倒だった。

「それで、奴はなんて言ったんだ？」

すぐにでも睡魔に取り込まれそうなところでティエンに問われて、意識をなんとか呼び戻して答えたのだ。

「何も」

「何も？」

「帰ったあとに、何か返事ぐらいはしたかもしれないけど、少なくとも僕がいた間はガン無視してた」

まるで聞こえていないかのように、存在すら無視しているように感じられた。

「リヒトはお前が中国語を理解していることを知ってるな？」

「そうだね。あのツアーは中国人対象だったから、僕も基本は中国語を話していた」

とはいえ、フェイロン相手の場合、日本語、英語、中国語を交えて話してしまうため、あのとき実際に自分がどこの言葉を話していたかは、はっきり記憶していなかった。

ただ少なくとも、あの部下は、高柳がマレー語を話せることは知っていた。しかし、高柳が中国語を話せることはおそらく知らない。そこで中国語で話す意味はひとつ。

あの会話の内容を、高柳に聞かせたくなかったから。

だが実際、聞き取れたのは、今ティエンに告げたことだけだ。裏の事情を知らなければ、「だから何？」と思うだけのことだ。

それでも、あえて高柳に聞かせないようにしたのはなぜか。おそらく、あの部下が高柳を警戒したからだ。

（ティエンやハリーならともかく、僕を警戒する理由はなんだろう）

「それでお前が、リヒトが『王位足りえない』と思った理由はなんだ？」

改めてティエンにそこを突っ込まれる。

「ハリーさんが言ってたように、あの部下の人が裏社会と関係があるとしたら、リヒトさんがそれを知らないのかな？」

彼が裏の世界に足を突っ込んでいる場合、主人であるリヒトは果たして清廉潔白な状況なのか。今の情報だけでは判断できない。

「確かにそうだが……お前は明日もリヒトの農園に行って、何をするつもりだ？」

「だから言っただろう？　自分で摘んだお茶の葉の味を確かめてくるって」

にっこり満面の笑みで応じるものの、ティエンはじろりと睨んでくる。

「それだけじゃないだろう？」

「それは向こうの出方次第、かな」

高柳はいつものようにあっけらかんと応じる。

「僕としては、仕事としておつき合いしていきたい気持ちは山々だし、そのつもりでいるけど、向こうがどうしたいかはわからない。でももし、リヒトさんも僕と仕事がしたいと思っているのに、なんらかの障害があって難しいというのなら、その障害はできれば取り除きたいよね」

高柳は基本、己の直感に従う。もちろん、ただ闇雲に進むわけではない。そのための下調べや準備は済ませている。今回も下調べを始めたのは、遡ればウェルネスに在籍時代だ。

リヒトの存在や彼の素性を知ったのは今回だが、突発的なトラブルに対応可能な環境も出来上がっている。

「取り除く？　どうやって」

「それを考えているところ」

障害があるかないかもわからないのだ。捕らぬ狸の皮算用になりかねない以上、そこは慎重に進めたい。

「今もウェルネスにいたら、さすがに諦めたと思う。僕が判断する前に、どっかの誰かがストップかけてきただろうけど」

普段、無理難題を押しつける癖に、事前に危険が迫っているとわかっている場合、ヨシュアは絶対に高柳を止めにくる。

「けど、今はうるさい上司もいないし！　自分の好きな物を好きなようにプロデュースできるかもしれないと思うと、多少の無茶もやりがいがある」

「多少の無茶、か」

ティエンは大きな息をついた。

「ヨシュアの下にいる限り、自由に仕事ができないのなら、無理をすべきでないと思った。だが、ヨシュアはある意味、お前が無茶をしないためのストッパーだったのか？」

「それは逆！」

まったく予期しない言葉に、高柳は布団から身を乗り出した。

「僕に無茶をさせていたのはヨシュア。もし今もヨシュアの下にいたら、マレーシア政府と喧嘩するような動きをさせられてた。前回も最終的にヨシュアとはそこで揉めたんだ！」

ティエンの言葉が引き金になって、高柳の口からヨシュアに対する不満が溢れてくる。

「ひどいんだよ、あの男は。政府管轄で手を出せそうにないと言ったら、そこをなんとかするのがウェルネスの社員だって。ハリーとか侯さんどころか、まだティエンとも再会前だった僕に、そんな政府に働きかけられるような人とのコネクションがあるわけないのに！」

忘れようとしても忘れられない記憶が、鮮明に高柳の脳裏に蘇ってくる。

高柳が言ったように、ヨシュアは命の危険に及ぶような命令はしなかった。だが頭脳戦には、積極的に前線に高柳を放っていた。

見方を変えればそれだけ、ヨシュアは高柳を信頼していた。

とはいえ、所詮は一会社の一社員、それも若手のアジア人だ。

ヨシュアのように、将来を見据え、学生時代から己のブレインを集めていたわけでもない。それに、ヨシュアのような「天才」とは異なる。そんな当時の高柳には、政府要人に繋がるような伝手などあるはずもなく、完全に詰んでいた。

結論から言えば、ウェルネス自体のマレーシアへの進出がなくなったことで、当然、ヨシュアから高柳へ向けられた指令もなくなった。だがもし計画が頓挫しなかったとしても、当時の高柳にヨシュアの思うような結果を出す術はなかった。高柳にとってマレーシアは、「失敗」した土地なのだ。

リベンジしたいわけではない。そもそも今回は店を出すわけではない。仕事として成立するのが最終目標だが、美味い紅茶を個人的に仕入れられるようになりたいのが第一だ。

「でも今は違う。ヨシュアはいないし、僕は僕のやり方で、やりたいことを実現できる可能性がある。方法も結果も、最良はあってもひとつじゃない。これまでの経験と知識から、自分にも、相手にも、より良い結果を出す。そのためにも、リヒトさんに直接会って話がしたい」

昨日の時点では、仕事の話は何もできなかった。

「あっちはどういうつもりだろうな」

「わからない。でも縁を結びたくないなら僕の申し出を断っていたと思う。でもリヒトさんは部下の指摘を無視した——ということは、向こうは向こうで何かあるのかもしれない」

その「何か」が、高柳と同じ、もしくは近いものであれば喜ばしい。

「とりあえず……お休み」

なんとか繋ぎとめていた意識も、そこまでが限界だった。挨拶を口にしたときにはもう、高柳の意識は睡魔に取り込まれていた。

そのまま優しい眠りが訪れるはずだったのに。

「……ティエン、何してるの」

下肢に伸びてくる手の動きに、睡魔が途中で足踏みを始めた。

シャワーを浴びる前の段階で、既に高柳の体力ゲージはゼロになっている。同じく精力もゼロのつもりでいた。それなのに、ティエンの指が布越しに下肢に触れるだけで、全身が粟立ってしまう。

「もう寝るんだから、やめてくれないかな」

かろうじて残っている理性で弱い抵抗を試みる。強く抗えないのは、それだけの体力がないからだ。加えて、さすがにティエンが本気だとは思っていなかった。

高柳はもちろん、ティエンも同じかそれ以上の体力を使い果たしている。以前のように、会えない日々が続いているわけでもない。当時のように、会えない分を取り戻すために、一日中抱き合うようなことはなくなった。

——はずなのだが、ティエンの手は高柳の弱い制止の言葉には応じない。

「ティエンってば」

「勝手にやってるだけだから、お前は気にせずに寝てろ」

「気にせずって……」

最初は布の上から柔らかく撫でていただけだが、今ははっきり愛撫の意思が感じられる。指の先まで神経が行き届いた繊細な動きで、布越しは変わらないが、高柳の形をなぞってくる。

「……っ」

情けないことに、すべて体力を出し尽くしたつもりでいても、まだ悦びを覚える感覚は残っているらしい。

内腿が震え、腰が無意識に揺れそうになる。むず痒さに足の指をきゅっと丸め、強くシーツに押しつけてみる。だがそんな高柳を嘲笑うように、ティエンは高柳の足の間に己の足を差し入れ、膝をぐっと持ち上げてきた。

「ちょ、っと、ティエン……」

さすがにこの状態で「勝手に寝てろ」はないだろう。寝られるわけがない。

「ティエン。言っただろう。僕は明日……もう今日だけど、またリヒトさんのところに行かなくちゃいけないんだって」

そしてそこで製茶作業をする。当然、肉体労働だ。茣蓙の上で茶揉みをする作業は、腰を屈めて行わねばならないが、無事に回復するか心配だった。

その状態で、これ以上、体を酷使したくない。

「それがなんだ?」

しかし、ティエンはあっさり返してくる。

「それはお前の都合だろう？　俺が行けと言ったわけじゃないし、正直行かせたくない」

「なんで」

できるだけ反応せず流すつもりでいた。それなのに、ティエンの一言に引っかかってしまう。

「僕の仕事を応援したくないの？」

起き上がった高柳はティエンの肩に手を置く。

「少なくとも、応援はできない」

「なんで」

「無茶するのがわかってて、はいどうぞとは言いにくい」

眼鏡を外したことで、ガラスを通さず直接目にするティエンの瞳に、高柳の姿が映りこんでいる。

「……心配してくれるのは嬉しい。でも僕は子どもじゃない」

「当たり前だ。子どもだったら、否応なしに引き留めてる」

当然のように言い放たれて、高柳はぐっと言葉を詰まらせる。

「子どもじゃないから厄介だし面倒だ。お前は大人で、俺の知らないところで、知らない人と出会って、色々な場面に遭遇する」

「……うん」

「それがわかっているから、引き留められない。だが危ないとわかっている場所へ、手放しで送り出せはしない」

高柳の首にティエンの両手が伸びてくる。

優しく引き寄せる動きに従い、ゆっくりティエンの体に折り重なっていく。

頬がティエンの心臓の上に直接押しつけられた。

温もりと穏やかな鼓動が伝わってきた。

「ティエン……」

「お前は一人で何でもできるのは知ってる。だがお前は一人じゃない。何かあったら絶対一人で突っ走るな。お前の両手はしっかり誰かに繋がれている」

ティエンはその言葉を伝えるように、高柳の後頭部を撫でる。大きな手の指先が頭皮に触れ、指一本ずつに髪が絡(から)められていく感覚が、ひとつひとつ、はっきり伝わってくる。

言葉を紡(つむ)ぎながら、ティエンの鼓動が大きくなっていく。この鼓動を高柳はよく知っている。数時間前まで、ティエンの鼓動は高柳の鼓動と重なり合っていた。

「やっぱりティエンはズルい……」

そんな風に言われて、高柳はなんと答えたらいいのか。

改めて言われなくてもわかっているというべきか。だからなんだと反論すべきか。

わずかな時間、逡巡(しゅんじゅん)したところで答えは出ない。だからティエンに聞かれないよう息を吐き、高柳は胸に両手を置いて頭を上げる。

「僕は寝るから」

早口に言うと、ティエンの上から逃(のが)れて背を向けて隣に横たわる。

「智明(ともあき)」

「だから、寝てる僕に君が何をしようと知らない」

躊躇(ためら)いがちに伸ばされていた手が、高柳の返事によって、腹に回って後ろに引っ張られる。そしてすぐ、項(うなじ)に噛(か)みつくようにティエンの唇が吸いついてきた。

「……っ」

一瞬にして、ざわりと全身が疼(うず)く。

ティエンは吸いついた場所に丹念(たんねん)に口づけながら、両手を高柳の体の前に回してくる。

（僕は寝てるんだ）

だから抵抗も反応もしない。ティエンにされるがままに任せるしかない。さすがにティエンも先ほどのように、執拗に獣みたいに求めてくるわけがないと思っていた。

その思惑は誤りではなかった。

ティエンは高柳の反応を見ながら、パジャマの上着を捲って体に直接触れてきた。

腹を撫でていた掌が、右の手は胸に、左の手は下肢へ移動する。

胸の突起に辿り着いた手は、指の間で乳首を優しく挟みこねてくる。

「……っ」

愛撫と言うには優しすぎる。そのもどかしさに細胞がざわめき出すのを見越したように、左の手が下肢へ滑り込んできた。だが少しずつ熱を溜めている性器には触れず、臀部へ移動する。

最初は形をなぞるように辿っていた指が、双丘の間を割ってきた。

さすがにこの状態で寝ていられるわけがない。ティエンもわかっているだろうが、先ほどとは違いひたすら無言で、昂った体を癒すような動きをみせる。

もどかしいと思ってしまうのは、激しい愛撫に慣らされたせいだろう。

じれったさを覚えつつ、声を上げたくなる唇を必死に引き結び、襲い掛かる強大な欲望を懸命に抑えつけていると、次第に体が今の愛撫に慣れていく。

（……気持ちいい……）

マッサージを受けているような気持ちになるが、後ろにティエンの指が触れた刹那は、さすがに全身で反応してしまう。

慌てて口に手をやって上がりそうな声を堪える。高柳の反応に背後で小さく笑う気配がするが、ティエンもそれ以上は何も言わない。

ただ黙々と指でそこを探り、繊細な皺のひとつひとつを広げるように愛撫される。丁寧すぎる動きに、細かく体も反応し内側から解されていく。

ドロドロに溶けてしまったタイミングで、ティエンは猛った己の先端を尻に押しつけてきた。そのまま挿入されるかと無意識に身構えるが、ティエン自身は挿入されることはなかった。

代わりに、入口部分を通り過ぎ、程よい肉づきの双丘の狭間に、熱い肉を擦りつけてくる。

「……っ」

これまでに何度も同じことをされている。押し当てられた場所は疼き、強く擦られるだけでも体中が熱くなってしまう。

内腿が熱を持ち、そこに、愛しい男を想って描いてもらった龍の姿が浮かび上がっていく。

「……智明」

耳朶を甘く噛みながら、ティエンが名前を囁く。心地よさと甘酸っぱさと、もどかしさが入り混じった状況で、高柳は腰を自分から揺らす。

最初、少し焦らすようにしていたティエンだったが、高柳の意図に気づいたのだろう。あくまで高柳の体を優しく撫で、労わるような動きで、己のものを改めてゆっくりと後ろに挿入してきた。

激情をぶつけてくるのではない。

足りなかったものが補完されるような不思議な充足感に、至福と快感が混在している。

「あ……っ」

快感を貪るだけでいっぱいだったときと、精神状態はかなり異なっている。

「気持ちいい……」

先ほどまでの情交のときとは違い、高柳の性器も先端から蜜を溢れさせてはいるが、一気に硬くなってはいない。そろそろと自ら高めるべく両手を添えたところで、背後からティエンが高柳の手ごと包んできた。

「ティエン……」

「そのまま寝てろ」

下肢にあった一方の手を口元へ移動させ、高柳の唇の間に指を差し入れてきた。

「ん……ふぅ……っ」

歯列を割って奥に潜む舌を探り当て、その先を軽く摘んでくる。指を絡められ、嘗めるように促される。

高柳が嘗めているのか、それとも嘗めさせられているのかよくわからない状況で、行為に没頭させられる。

口腔内に溢れる唾液が、唇の端から顎を伝う。それを追いかけたティエンの指が、顎を探ってまた口の中へ戻ってくる。そのタイミングで軽く歯を立てると、体内のティエンがドクンと大きく脈動をする。

「大人しく寝てろって言っただろう?」

吐息での囁きのあと、高柳の耳殻をざらりとした舌で嘗め、耳朶に吸いついてきた。

「あ……っ」

電流のような快感が背筋を這い上がり、高柳は咄嗟に体に力を籠めることで、体内のティエンも締めつけてしまう。それを合図に、体内の異物が存在を誇示し始める。だが動かない。

(また大きくなった……)

強い脈動を体内で感じることで、高柳自身も快感を示してくる。だが前に回っていたティエンの手は、先端のくびれを指で締め上げてきた。

「ひゃ……っ!」

突然の強い刺激に声が上がり腰が揺れる。それでもティエンは繋がったままの感覚を楽しむように軽く回してくるだけだ。

「ティエン……」

口の中にある指のせいで上手く言葉が出せない。紛れもなく快感がある。だがもどかしいほ

ど遠くで焦れったい。

「ねえ……ティエン。動いて……」

「寝てろって言っただろう?」

「こんな状態じゃ寝られない」

ぎりぎりまで追い立てられても「達く」感覚は得られない。勃ち上がった中心も、先端から蜜をとろとろと溢れさせつつ、最後は迎えられない。

「ティエン……」

「このまま達けよ……内側で」

ティエンの先端が、高柳の弱い場所を擦ってくる。そこは軽い刺激だけで、強烈な快感を生み出す。

「それ、嫌、だ……や、あ、あ、あ」

熱さが全身を駆け巡り、頭がぼうっとしてくる。

射精をせず、感覚だけ極みまで追い立てられる。爪先が震え、無意識に足の指を丸める。内腿に描かれた龍が艶を増す。

「達……く……っ」

瞬間、頭の中が真っ白になって全身の動きが止まる。ティエンのいる場所がじわりと濡れたような感覚を覚えて、そのまま一気に落ちていく。

「ティエン……」

「気持ちいいだろう?」

優しく頬を撫でられ、顔を後ろに向かされる。達したばかりで上手く動かない唇に、無理やりティエンが口づけてきた。

甘いキスを繰り返されているうちに、高柳の意識が遠のいていく。

ティエンが優しく「おやすみ」と告げたのが、現実だったのか夢だったのか、高柳ははっきり覚えていなかった。

6

翌日。

当初の予定では、高柳は朝一で工場へ行くつもりでいた。だが当然の如く大幅に寝坊した上に、すぐに動くことができず、結果、正午を少し過ぎた頃になんとかホテルを出発した。

デニムにシャツというラフな格好でよかったのか、忘れ物はないか、車内の中でも落ち着かない。

「もう、リヒトさんに怒られたら、ティエンのせいだからね！」

実際には、リヒトとは何時からという具体的な約束はしていないのだが、高柳の心積もりとしては朝から行くつもりでいた。

ちなみに当然、ティエンには車で送らせている。本来なら自分も共犯だが、とりあえず棚上げしておく。

ティエンもさすがに多少は責任を感じているのか、散々、高柳に文句を言われても、何も反論することはない。

「智明」

だが、工場の車寄せに着いて高柳が車を降りるとき、ティエンは高柳を呼び止める。

「何」

「昨日言ったこと、絶対に忘れるな」

強い口調。

念押しのような言葉に「わかってるよ」とだけ言って、高柳は車を降りた。

（過保護なんだよ、ティエンは）

内心でぼやきながらも、ティエンが心底心配してくれているのはわかっている。高柳ももちろん、ティエンが言うような無茶をするつもりはなかった。

今日はあくまで、様子見のつもりだ。

エントランスを入ってすぐに、昨日と同じお茶の華やかな香りが漂ってくる。

（いい香り……）

周囲を見回すと、昨日、高柳に作業を教えてくれた女性スタッフが気づいてくれた。

「スラマッ トゥンガハリ」

マレー語の「こんにちは」に当たる言葉を笑顔で向けられて、高柳も笑顔で返す。

「スラマッ トゥンガハリ」

「今日もお世話になりにきました」

「リヒトさんから聞いてるよ。ただリヒトさん今、用事があるので、その間は私が教えるね」

高柳が言うと、女性は満面の笑みで応じた。

「ありがとうございます。お願いします」

『明日はスルタンの使いがやってくる予定です』

昨日、ティエンに伝えた言葉が蘇る。

（あの部下が言ってた通りなのかな）

それでも、リヒトは来てもいいと言っていたのだ。

とりあえず今日の目的は、自分で摘んだ茶葉を飲める状態にまで持っていくことだ。

「僕の摘んだ茶葉は、もう揉める状態になってますか？」

「なってるよ。作業の前に、これ、着てね」

アイシャと名乗った女性は、ハンガーラックから取った一着の上着を高柳に手渡してきた。

昨日、リヒトが羽織っていたものだ。

「あ、ありがとうございます……」

昨日は私服のまま作業をした。

「昨日は『体験』で、今日は『お手伝い』してくれると聞いているよ。汚れてしまうと大変なのでこれを羽織って作業をしてもらうようにって、リヒトさんから」

「は、い……」

（あれ？　いつのまにそういう話になったんだ）

高柳は「自分で摘んだ茶葉を自分の手で製茶したい」という気持ちだけだったのだが、リヒトは異なる解釈をしたのかもしれない。

(とりあえず今日はしっかり作業をするつもりだったから、ま、いいか)

上着を羽織ると、身長の違いからか、袖口から指先しか出ない。

「萌え袖……」

呟いたところでアイシャには通じない。

「上着大きかったら、袖を捲ってください」

「はい！」

高柳は言われるままに袖を捲った。

作業場へ移動すると、忙しそうにスタッフたちが茶揉みをしている。

「スラマッ トゥンガハリ」

元気よく挨拶すると、みんな同じように笑顔で挨拶を返してくれる。

作業をする台の茣蓙の上には、萎凋を終えた茶葉が積まれていた。

「これ、僕が摘んだ茶葉？」

「そう」

昨日は何気なく手揉みしていたが、自分が摘んだ茶葉だと思うと、感慨深い――というか、昨日の大変だった記憶が蘇ってくる。

それでも、摘まれた状態の茶葉を揉むために茣蓙に広げていくと、お茶の良い香りが漂ってくる。

「それじゃ、昨日と同じように手で揉みます。最初はまだ葉が硬いので、ちぎれたりしないように柔らかく」

香りを高めるように、優しく包むように。

「いい香り」

「ゆっくり味わってる暇はないよ。高柳さんが摘んだ茶葉、全部揉まないといけないから」

目の前にはまだ大量の茶葉がある。

改めて、昨日どれだけ大量の茶葉を摘んだのかを実感させられる。

「これだけよく摘んだね」

それでも大変さをわかってくれる人がいると、それだけで報われたような気持ちになる。

「本当です……アイシャさんは、自分で摘んだお茶を飲んだことあるんですよね？」

「もちろん。昨日も話したけど、今みたいに大きな工場じゃなかったころに、毎年、リヒトさんとリヒトさんのお母さんと一緒に茶摘みした葉を製茶して、飲んでたよ」

リヒトの母親。

果たしてこの女性は、リヒトの素性をどこまで知っているのだろうか。

苦笑しつつ、手揉みを続けていると、「ぐー」という腹の虫が部屋の中に響き渡る。紅茶の香りに刺激されたのもあるだろう。急激に空腹を覚えた。

「お腹空いた？」

当然、アイシャにも聞こえたのだろう。

「いい音がしたね」

「すみません。寝坊して朝ごはん食べてないもので……」

いつもなら移動する車の中ででも、無理やりパンを食べるところだが、今日はその余裕すらなかった。高柳にしては珍しいことだ。

「今ある分の茶揉み終わったら、お昼にしましょう。だから頑張ってこれを済ませよう」

「はい！」

まだ大量にある茶葉の手揉みが終わるのはいつになるのか。遠い目をしながら手揉み作業を続けた。


工場とは廊下で繋がれた別の棟にある食堂は、四人掛けのテーブルが十卓程度置かれた場所だった。まだ新しい建物なのか、全体的に綺麗だ。

シンプルなテーブルには、焼き菓子やスコーン、それからサンドイッチが並んでいた。

「美味しそう……」

盛大に腹の虫が大合唱を始める。

空腹でなかったとしても、絶対にお腹が鳴っただろう。

見た目は素朴さがあるものの、手作りの温かみが伝わり、何よりとても美味しそうだ。

「これ、アイシャさんたちが皆さんと相談して作った焼き菓子ですよね？」

「リヒトさんに聞いたの？」

「はい。昨日、みんなで考えて出来上がった、最高の菓子だっておっしゃってました」

帰り際のリヒトの言葉を思い出す。

「工場がもう少し大きくなったら、キャメロンハイランドやサバティーの製茶工場みたいに、アフタヌーンティーができたらいいなって話してるんだけどね」

アイシャはティーポットで、高柳のお茶を用意をしてくれる。実に簡単に淹れたように思えるが、優しい香りが漂ってくる。

「いい香り」

「お砂糖もミルクもあるからね」

高柳の食事の準備を終えて椅子に座ったアイシャは、手持ちのバッグの中から、手持ちのついたババ・ニョニャと称される、中華系プラナカンによりデザインされた、花柄デザインのホーロー製の弁当箱を取り出した。

「それ、ティフィンですか」

「よく知ってるね」

ティフィンは、間食やおやつという意味がある。中はカレー味の料理なのだろう。食欲をそそる良い香りだ。

「美味しそうですね」

「食べたい？」

「……はい！」

ほんの一瞬、躊躇ったが、食欲が勝った。

「いい返事だね。じゃ、これ」

アイシャは弁当箱の一段に敷き詰められたご飯を他の段に移し、空いた場所にカレーと野菜を移し入れてくれた物を、高柳の前に差し出してくれた。

「こんなにいいんですか？」

「いいよ。そのあたりにスプーンあるから使って。好みに合うといいんだけど」

「ありがとうございます！」

高柳は急いで近くにあったスプーンを取ってきて、アイシャが分けてくれたカレーを口に運ぶ。

最初に大量に使われているスパイスが口の中に広がる。それが鼻を抜けていく。

「グルメな日本人の口には、この国の田舎料理なんて合わないでしょ？」

「いえ。美味しいです！」

お世辞でもなんでもなく、本当に美味しい。

「そう？」

「昨日、山の麓のレストランで夕飯食べたんです。そこも美味しかったんですが、アイシャさんのカレー、もっと美味しいです」

「このぐらい、誰でも作れるわよ」

「そうなんですか？　だったら皆さん、料理上手です」

ものすごく後を引く。

一口食べたらもっと食べたくなる。

「このライス、紅茶が入ってますか？」

「そう。茶葉を炒めて、ちょっと味つけて混ぜてるよ」

香りはわずかで、食べたあとがさっぱりする。

スパイスは色々使われているのだろうが、辛さはアクセントぐらいだ。この辛さがあるからもっと食べたくなる。

食べながら、新しいアイデアが頭の中をぐるぐる巡っていく。

このカレーも売りになるのではないか、と。インドにチャイがあるように、当然、紅茶にも合うのだ。

地元の人間にとっては馴染みのある味でも、観光客にとっては違う。様々なアジア料理を食してきた高柳の舌をもってしても、「美味い」という感想しか出ない味だ。

「……アイシャさん、カレーの種類、どのぐらいありますか」

「いっぱい」

「いっぱい？」

「その日によって少しずつ味や入れてる食材が違うから、いっぱいとしか言えないのよね。多分、他の人も同じじゃないかな」

（日替わりだ日替わり。あのニョニャのお弁当箱も最高に可愛かった。カレーを入れるのはもちろんだけど、ここに焼き菓子とか入れるのはどうだろう）

シンガポールの焼き菓子を思い出す。パイナップルケーキも有名なその店は、贈答用にプラナカンの花柄の缶を使っている。

「その入れ物って、どこでも買えますか」

弁当箱を指さす。

「買えるわよ、もちろん。サイズも柄も色もたくさんあるよ」

「なるほど！」

どこで作られているか、ハリーに聞けばわかるだろう。

頭の中で算段していく。

「……あ、そういえば」

今さらながらに高柳は思い出す。

「リヒトさんの部下の人って、いつからいるか知ってますか？」

「ジャヒールさんのこと？」

あの部下はジャヒールという名前なのか。

「リヒトさんのお母さんのお知り合いだから、私が来たときにはもういたわよ」

「そう、なんですか」

高柳は大慌てで頭の中にメモをしていく。

（ジャヒールさんは、リヒトさんのお母さんの関係者、と）

「それで、ジャヒールさんは……」

「高柳さん！　お待たせしました」

さらなる質問を遮るように、背後からリヒトの声が聞こえてきた。

「リヒトさん、こんにちは。今日もよろしくお願い……しま、す」

高柳は慌てて振り返るや否や、そのまま頭を下げた。そしてゆっくり頭を上げながら、目の前のリヒトの容姿を目にして動きが止まる。

昨日は山登りののち、作業をしていたせいもあってラフな格好だったが、今日はきっちりスーツを着ていた。上背があるため、よく似合っている。

「どうしました？」

「スーツ、似合いますね」

高柳が直球で称賛すると、リヒトは照れたように頭に手をやった。

だがお世辞ではない。

上背があり、鍛えられた筋肉で覆われた体躯は、スーツが良く似合う。整った顔立ちで、セットされた髪型からは、ノーブルな雰囲気が伝わってくる。

「嬉しいことを言ってくれる高柳さんには、特別な紅茶をお出ししなくてはなりませんね」

「特別な紅茶？」

咄嗟にアイシャを見ると、笑顔で頷かれる。

「ちょっといらしてください。アイシャ、ありがとう」

促され、高柳はリヒトについて移動をする。

工場と繋がっていたのとは反対側の廊下を歩き、建物のさらに奥へ向かう。突き当たりでエレベーターに乗り、リヒトは三階のボタンを押した。


いわゆる貴賓室なのだろう。

足元は毛足の長い緋色の絨毯が敷き詰められ、調度品はオリエンタルなアンティークで揃えられていた。壁の棚には、おそらくこの農園で収穫されただろう紅茶の缶がずらりと並んでいる上に、すぐテイスティングできるようにか、茶器も一式揃っていた。それも、名だたる高級食器から、ニョニャデザインのプラナカン、和風の物まで幅が広い。

その中からリヒトが高柳のために選んだのは、ドイツの高級食器だった。

十八世紀初期に始まった、その白磁の陶器は、交差した二本の剣がシンボルマークとされている。

「今更ですが、今日も図々しくやってきてすみません。おまけに遅くなってしまい……」

部屋に入ってすぐ高柳は頭を下げた。

「図々しくなんてありません。うちの紅茶を気に入ってもらえたようで嬉しいです」

「すごく気に入ってます！　昨日いただいた紅茶も、さっき食事のときに飲んだ紅茶も美味しかったです」

力強く高柳が応じると、リヒトは目を細めて笑った。

「これは、うちの農園で作っている特別な銘柄です」

「具体的に何が特別なんですか？」

目いっぱい目を輝かせて尋ねる。

「そんな風に興味を持ってもらえると、説明するのも嬉しいですね」

リヒトは眦を下げる。

「元はインド、ダージリンの有名な農園で栽培されていた木を分けてもらいました。それを数年かけて育ててきたものです。昨日の茶摘みのとき、どうやって摘んだか覚えていますか？」

「一芯二葉（いちしんによう）……かな」

新芽（しんめ）が葉になる前、くるりと丸まった芯と、その周りの二番目に若い葉までを摘んだ。

「これは、一芯一葉なんです」

より若い芽だけを使用しているということ。つまり摘むのもさらに時間がかかる。

「そして、すべてを人の手で行います。時間も手間もかかりますが、その分、細かい調整ができます」

そうして出来上がった紅茶を、丁寧な様子で淹れていく。

リヒトは茶道（さどう）とは異なるものの、優雅（ゆうが）な仕草（しぐさ）で紅茶をカップに注（そそ）ぐ。その様を見ていると、高柳の気持ちも正されるようだ。

白い器（うつわ）に注がれた紅茶は、褐色（かっしょく）のオレンジ色をしていた。

「紅茶は淹れたときの温度で、水色（すいしょく）が変化します」

「すいしょく？」

頭の中で変換（へんかん）して、『水色』だろうと判断するが、何を意味するのかがわからない。

「紅茶の色、です。お湯の温度や抽出（ちゅうしゅつ）時間でも変化します。家でティーバッグをマグカップに入れたままにしていたら、真っ黒になったことはありませんか？」

「あります！　そういうときはたっぷりの砂糖とミルク入れちゃいますけど」

「それはそれで美味しいですよね」

　リヒトは自分の分もカップに注ぎ、テーブルを挟んだ高柳の正面に腰を下ろした。

「一般的に紅茶を美味しく抽出するためには、湯の温度は95℃以上が良いとされています」

「沸騰してすぐだ」

「紅茶成分であるタンニンが溶け出す温度だかららしいです。低い温度の場合、カフェインが多く出るので、渋みが強くなります。香りはいかがですか？」

　丁寧に淹れられた紅茶は華やかな香りを放っていた。高級な香水のような、熟成されたワインのような芳醇な香り。

　一言では決して言い表せない香りだ。

　味わうことで、香りは複雑さを増す。

　詳しいことがわからなくとも、美味しいか美味しくないかは、はっきりしている。この紅茶は複雑だが、とにかく。

「美味しい」

　感想を口にするまで時間がかかったのは、味わいを堪能したかったからだ。

　舌で、喉で、鼻に抜ける香りで。

「めちゃくちゃ美味しいです。香りも大好きです」

　改めて感想を口にしたときには、カップの中は空になっていた。一気飲みしてしまった。

「これまで飲んだ紅茶の中で一番好きです」

高柳が味わってきた数や種類など、たかがしれている。それでもかつて、仕事として取り扱うことを考えたときに、一通り勉強したのだ。何がどう美味しいか分析はできずとも、美味いか否か、売れるか否かの判断はできる。

昨日も思っていたが、それは確信に変わった。

リヒトの農場の紅茶は、美味いし売れる。特に今飲んでいる紅茶は、市場で革命を起こすかもしれない。

「それは良かったです。お代わりはいかがですか？」

「お願いします」

リヒトはポットに残っている分を注ぎ入れてくれる。広がる香りが心地よい。

（今度は砂糖を入れようかな）

シュガーポットのふたを開けると、中に入っていたのはバラの花を象った角砂糖だった。それをスプーンで取りながら、ずっと抱いていた疑問を口にする。

「そういえば、なんでツアコンなんてしてるんですか？」

「この農園が軌道に乗る前は、本業がそちらだったんです。マレー語のほかに、日本語と英語が話せるので、重宝されましたよ」

「……中国語も、ですよね？」

半ば引っかけのように確認すると、一瞬、驚いたように眉を上げるが、すぐに破顔する。

「それで、高柳さんの目から見て、僕の農園の紅茶は、売り物になりそうですか？」

それこそ、どのタイミングでどうやって仕事の話を切り出そうかと考えていた。だから不意打ちを食らった高柳は、カップに添えた手の動きをあからさまに止めてしまう。

（こういうところ、ティエンに笑われちゃうんだよな）

仕事をする上で愛嬌や笑顔は大切だが、同じぐらいポーカーフェースも必要だ。相手の言動や一挙手一投足にいちいち反応していたら、駆け引きにはならない。

フリーになったのだから、よりそこは徹底すべきだと高柳も肝に銘じていたはずだ。それなのに、思いっきりリヒトの言葉に反応してしまった。それこそ反応してしまったことに、自分で驚いたところまで含めて、見られてしまっている。

「ええ、と……」

「ウェルネスの方ですよね？　アメリカの流通チェーンの」

今度はリヒトのターンらしい。

「──そこまでご存じですか」

今は既にウェルネスの社員ではないが、そこはあえて否定しない。

世界的に有名なウェルネスの名前は、その大きさゆえに相手を畏怖させる可能性はあるが、安定感や安心感は絶大だ。元社員だが、今はとりあえず否定も肯定もせず、様子を見る。

「マレーシアの紅茶なら、キャメロンハイランドのほうが妥当だと思いますが、どうしてうちを？」

「本音でお話ししても？」

「その方がありがたいです」

「数年前になりますが、もちろん調べました。質も味も特上。にもかかわらず、他の有名なブランドと比べて、かなりお手頃の価格で提供されている。ですが、政府直轄なので、なかなか介入が難しくて、交渉の糸口を探る前に撤退しました」

「そんなことがあったのですか」

「実は最近まで忘れていたんです。でも最近シンガポールでマレーシアの紅茶を使っているアフタヌーンティーに接する機会に巡り合ったんです。それがきっかけになって、過去の想いが蘇ってきました。ついでに言えば、今の自分なら、なんとかできるんじゃないかなと、マレーシアの知人を通じて有力者を探してもらったんです」

「それが、僕？」

「はい。リヒトさんを紹介してくれた僕の知人、そこそこ目利きで腕も立つらしいんです。マレーシアでは『虎』と呼ばれているらしいんですが、知ってます？」

「マレーの虎は日本人ですよ」

　そこで反応をみるが、リヒトは苦笑混じりだ。

第二次世界大戦当時、英国領マレーで盗賊となった日本人が、諜報部員として活動した話に端を発したドラマや映画があると聞いている。

「ハリマオでしたっけ？　まあ、僕には虎でも猫でもなんでもいいんです。彼にはマレーシアの美味しいものを教えてもらうぐらいしか、元々期待してなかったので」

レオンやティエンの口振りからは、かなり優秀な人材なのだろうが、高柳の前での彼はひたすら驚いてばかりいた。

「でも、こうしてリヒトさんにお会いできたのは彼のおかげなので、そこは感謝してます」

「半分騙して山登りさせたような嘘つきで、お客様に仕事を手伝わせるような男ですが？」

改まって言われると確かにそうだ。

「足、ひどい筋肉痛です」

でも。

「リヒトさんは嘘は言ってないです。少し言葉は足りませんでしたが」

ちなみに筋肉痛の原因はリヒトよりもティエンにあるのだが、そこは黙っておく。

「僕は多分、君の期待に応えられる立場にはないし、そうなるつもりもない。申し訳ないです」

「あ、それはもういいんです」

含みを持たせた告白を、高柳はあっさり流す。

「もういい？」

リヒトはひどく混乱した表情になる。どうしてだろうかと考えてすぐに理由を理解する。

「政府への伝手が欲しかったのは、キャメロンハイランドの紅茶を仕入れるという、当初の目的のときの話です。もちろん素晴らしい紅茶なのは間違いないですから、伝手があって仕入れられたらラッキーです。でも今の僕の目的はリヒトさん本人なので」

「え？ ごめんなさい。高柳さんか何を言ってるのかよくわからない」

高柳の説明は、リヒトをさらに混乱させてしまった。

「説明が下手ですみません。つい勢いで話してしまって、初志がどこにあるか、わからなくなってしまうんです」

高柳は肩を竦める。とはいえ、話が逸れることで得られる仕事もあるため、決して悪い癖ではない。

「でも、リヒトさんこそ、話を逸らしてるじゃないですか。どうして今もツアコンなんてしているのかという問いの答えをもらっていません」

高柳が憮然と言い放ったとき、二人して堪えられずに笑ってしまう。

互いの腹を読もうと探り合いすぎて、わけのわからないことになっていた。

「今の僕は、政府への伝手としてのリヒトさんではなく、リヒトさんの作る紅茶に興味があるんです。リヒトさんの手がけた紅茶をもっと多くの人に知ってもらいたい。そのための策が頭の中をぐるぐる回ってますが、まずはリヒトさんの気持ちが知りたいと思ってます」

「僕の、気持ち」

「ご自身の紅茶をこの先どうしたいのか。世界に向けて発信することについて、どう考えているのか。その上で、リヒトさんの本音を聞かせてほしいです。ちなみにさっきの僕への問いの答えは、イエス、です」

リヒトの作る紅茶は世界に通用する。

とはいえ高柳はプロではない。品質など厳密な判断はできない。だが「美味しい」のは間違いない。

リヒトは高柳の本気を感じたのだろう。

一度閉じた瞼を開き、視線を足元へゆっくり落とす。

「僕は母との思い出の詰まったこの農園を大切にしていきたい。小規模でも、いつかは世界に名だたる紅茶を生み出したいと思っています。ですが、高柳さんたちもわかっているでしょうが、今その夢が潰えそうになっているため、なんとか僕の夢を未来へ繋ぐ糸口を探して足掻いています。ツアコンをしているのも、その夢のためです」

高柳の利用したキャメロンハイライランドのプライベートツアーの参加者の多くは、国籍問わず裕福な人が多い。中には大企業のトップや王族などが、お忍びでやってくることがあるため、引率する側もそれなりの資質が求められる。リヒトの目的を知って高柳は納得した。

要するにリヒトは、この国を統治する立場を望んでいるわけではないということ。

「リヒトさんと僕の思惑は一致しているとわかって嬉しいです」

「高柳さん……」

「リヒトさんは世界に通用する紅茶を生み出したい。その紅茶を僕は世界に売り出したい。まさにウィンウィンな関係です」

高柳は改めてリヒトに向かって手を伸ばす。

「目的のためには、あらゆる手を尽くします。リヒトさんの味方は僕の味方。そしてリヒトさんの敵は僕の敵として、一緒に闘います」

自分に向かってきたリヒトの手を高柳は両手で摑むと、椅子から腰を上げた。

7

高柳は某アメリカのスポーツブランドのマークの入ったキャップを被ってから、数日前に農園でもらった上着に袖を通す。

ぱっと見、普通の上着だが、あの農園で働く人のために作ったパーカーらしい。将来的には背中に農園の名前を入れるつもりだと聞いた。

マレーシアで著名な紅茶ブランドは、元々、茶葉の産地である中国の山名がつけられている。サバ州のお茶も、州の名前がついている。

他の例に倣って土地の名前をつけるとなると、リヒトの紅茶も同じ名前になってしまう。

(とりあえずブランド名から要相談)

リヒトの農園を出てすぐ、高柳はリヒトの紅茶の販売戦略につき、ざっと企画書を作成した。

その企画書を実行する前に、どうしてもクリアせねばならないことがある。

そのために高柳は、マレーシアサバ州の州都であるコタキナバルの中心街へ向かう。

ちなみに、一人歩きする予定でいたのだが、当然のようにティエンがついてきた。

「暇なの?」

「ああ」

あっさり答えるティエンは、考えてみればマレーシアに来てから、何をしているのかよくわからなかった。高柳が一人で行動しているから余計なのだが、電話をすればすぐに繋がる。マレーシアへ来たのも高柳が行きたいと言ったからで、退屈ではないのだろうか。

「おかげ様で、遊んで暮らせる金はあるからな」

高柳はよく知らないが、事実だろう。

二人で暮らすベトナムの家もティエンが、ニコニコ現金一括で支払ってくれたし、このマレーシアへの旅費もティエンの財布から出ている。

麻の薄い青いシャツとアイボリーのパンツ。足元は有名スポーツメーカーのサンダルで、サングラスを掛けた姿からは、休暇を楽しむ観光客というよりは地元感が漂う。

というより。

(ガラ、悪すぎ)

そんな姿を見て、格好いいと思ってしまう自分も大概だと高柳は呆れてしまう。

「それでウィンウィンな関係のリヒトのために、お前は何をするつもりなんだ?」

「えと、実力行使、かな」

小首を傾げて答えたところ、無言でティエンが頭を叩いてきた。

「痛った……。暴力反対だって言ってるよね」

前に立ったティエンは、高柳のことを頭の上から足の先まで、まるで品定めするかのように眺める。膝丈のパンツにパーカー。ねっとりとした、粘着質でいやらしい視線に、背筋がぞくぞくしてくる。

アジア特有の熱気と気温。慣れ親しんだ、立っているだけで汗ばんでくる湿気の多さ。心地よいとさえ思えてしまう。

「それで、具体的に何をするつもりだ。その実力行使っていうのは」

「えと、秘密？」

「何が秘密だ。大風呂敷広げているだけで、大方、俺やハリーの力業で決めるつもりだろう？」

高柳の頭の中でベルが鳴る。

「さすがティエン。僕のことをよく理解してくれてて嬉しいよ」

まさにティエンの言うとおり。

リヒトとの事業は、立ち上がってからの計画は綿密に立てた。だが立ち上げまでの計画はまさに真っ白だ。ティエンの言うとおりで『行き当たりばったり』で進むつもりでいた。

つまりはこれまで通り、何かのときには、ティエンが救いの手を出してくれることを期待している――のではない。

毎回、高柳は、決してティエンが助けてくれることを期待しているわけではない。結果的に、ティエンの手を借りているだけのことだ。

「調子のいいこと言いやがって」

ティエンは笑いながら高柳の肩に手を伸ばしてきた。

「それで、こんな上着を着こんだ、高柳先生の今日のご予定は？」

耳朶を甘噛みしながら聞いてくる。なんだかんだ言いつつ、ティエンが上機嫌なのは表情からも伝わってくる。

「コタキナバル観光」

「観光？　今さら？」

「今さらじゃない。せっかくボルネオ島に来たのに、自分のせいだけど、ひたすら山の中で茶摘みばっかりして、まともに観光してないから」

コタキナバルの名称になっている、キナバル山には登ったが、あれは登山であって観光ではない。

「コッテコテの観光名所を巡るつもり。じゃじゃん！」

高柳はボディバッグの中から、付箋をたくさん張りつけたメモの束を取り出した。

「ハリー特製、コタキナバルガイド」

「いつの間にそんなもん頼んでたんだ？」

「最初に観光ガイドを依頼したときに」

マレーシアに来る前に頼んだことは二つ。

一つ、使える観光ガイドの選択。

もう一つが、この観光ガイド。美味い料理の店と、著名な観光スポット。それから、治安の悪い場所。

「このうちの何か所、日が暮れるまでの間に行けると思う?」

「一日でか?」

ティエンが眉を顰める。

「もちろん。まずは、コタキナバル市立モスクから」

ブルーモスクの名前で知られるコタキナバル市立モスクは、周辺を人造湖に囲まれているため、地元の人からは「水上のモスク」とも呼ばれている。

トルコブルーのドーム型の屋根と、四本のミナレット。礼拝時間を知らせるアザーンが流れると、己の信仰如何に関係なく厳かな気持ちになる。

「中、見学するか?」

「外観が観られただけで充分。ところで、写真一枚撮ってくれる?」

高柳は己のスマートフォンをティエンに差し出した。

「どういう風に撮る?」

「そうだなあ」

高柳は周辺を見回して、他の観光客が見える側を背にして立った。

「ここで」

「了解。それじゃ、ポーズ」

記念写真を一枚。思い切り、観光客丸出しでピースをした。

「ティエン。ちゃんと撮れた？」

そしてすぐに、撮ってもらった写真を拡大して確認する。高柳は笑えるぐらいに全開の笑顔を浮かべている。

「すごい顔してるな」

横から覗いたティエンが指摘する。

「僕もそう思うよ……保存、と」

「で、次はどこへ行く？」

「お腹が空いたから、スリ・セレラ」

市内中心部にある、ショッピングセンター「センターポイント」内に位置する、新鮮なシーフードレストランが集まったフードコンプレックスだ。

ぱっと見、天井のある屋台村で、四つの海鮮料理店が集まっている。

雑多な人々が、大勢集まったゆえに発せられる熱気と猥雑な空気感の中にいると、高柳の心は踊る。

漂う潮の香りに魚介類の独特な香り。

賑やかな人々の声。売り子の声。調理する油の音。食器の音。そこに混ざる、海の音。

「気のせいかもしれないが、朝食を食ったばかりじゃないか？」

「ホテルを出る前にね。もう二時間も前の話。今日はしっかり食べ歩きするつもりだったから、量も減らしたから」

「あれで減らしたのか……」

ティエンは遠い目をする。

減らした高柳の食べた朝食は、大皿五枚分だったことを思い出したためだろうが、高柳は聞かなかったことにする。

「さーて、何を食べようかな」

四店舗のうち、どこが一番お薦めかはハリーに確認済みだ。

大きな水槽の前に行き、店のスタッフと話しながら、海老とイカとカニ、それから名前のわからない白身魚を選んだ。

料理を頼んでいる間に、空心菜の炒め物、ビーフンを選び、出来上がったら料理をトレーにのせて、ティエンの待つテーブルへあえて遠回りをして向かう。

マレーシアを訪れる日本人観光客は増えてきたものの、コタキナバルまで足を向ける人は少ない。かつ、ここスリ・セレラを訪れる人となったら、数える程度となるだろう。

それがわかっていて、高柳はあえてティエンが見える位置まで移動してから声を上げる。

「ティエン、どーこー？」

もちろん視線は当のティエンに向けた状態で、手を振るのを確認してから、やっと見つけた風を装ってそこへ向かう。

「大根役者め。何が、『ティエン、どこ?』だ」

ティエンはにやにや笑っている。

「いろんな料理見てたら、わからなくなっちゃったんだ」

高柳は平然と応じる。

「それより見てよ、これ。ガーリック風味にしてもらった。めちゃくちゃ美味しそう」

箸を渡そうとしていた高柳の手を、不意にティエンが摑んできた。

「お前の声に反応したのは四、五人だな」

「そっか……あの辺の人たち、何やってるの?」

高柳は端のほうで数人集まって、組手のようなことを行っている集団を視線で示す。

「ジュルスじゃないか」

「ジュルス?」

初めて聞く単語だ。

「シラットを知ってるか?」

「詳しいことは知らないけど、確か、東南アジア中心で広まった武術だっけ?　ジークンドーに応用されてる」

「ジュルスは正式にはそのシラットの型を、民族衣装でガムランに合わせて演舞するものだ。結婚式でも演じられるらしい」

「そうなんだ！」

言われて改めて眺めると、鎌のようなナイフを手に、リズムに合わせ、回し蹴りなどをしていると、武術だがどこか踊りのようにも見える。微かに聞こえるガムランの音が、演舞感を増しているのかもしれない。

「もしかしてティエン、経験ある？」

「齧った程度だ。ハリーは相当な腕らしい」

「じゃあ、今度、踊ってもらおう」

あのハリーが民族衣装で演舞する姿を想像するだけで高揚する。

「間違いなく嫌がるだろうが、お前の中でハリーはどんな奴なんだ？」

「なんでも屋さん」

「……それで、どうするつもりだ？」

ティエンは高柳の発言を聞かなかったことにするつもりらしい。

「僕からはどうもしない」

フォークを大きな海老に突き刺す。そのまま口に運んで噛みしめると、プリっとした食感のあと、旨味が溢れ出してきた。

「美味しい……」

　実感を込めた感想が当然のように零れ落ちる。多用されたスパイスとガーリックの風味が、海鮮に絶妙に合っている。

「どうもしないって？」

　高柳が食事を楽しむのを待って、ティエンが確認してくる。

「言葉のとおりだよ。僕はただ観光を楽しみたいだけだから」

　忙しく料理は口に運びながら、高柳はハリーにもらったコタキナバルガイドを手にする。

「次は……メジャーなところを二か所回ろうかな」

　最後のカニを食べると、余韻を楽しむことなく席を立つ。遅れてティエンがそのあとをついてくる。そしてかなりの距離を置いて、席を立つ輩が数名。そのうちの誰かが高柳の後をついてくるのだろう。

　様子を見つつ、市場の前で、配車アプリを利用してタクシーを呼んだ。

「そんなアプリがあるのか」

「ハリーのメモに書いてあったの、さっき気づいた。事前に目的地も入れておいて料金も決まるから便利だね。交渉の必要もないし、ぼったくりの心配もない」

　かつてアジアでのタクシーといえば、その二つが難点といえた。語学が堪能で、アジア各地で生活している高柳ですら面倒なのだから、一般観光客にはかなりハードルが高かっただろう。

でもアプリがあれば語学力に自信がなくとも、目的地へ向かえるのだから、強い旅の味方となる。高柳は不意に思い立った。

「僕、今度、余裕ができたら、ガイドブック作ろうかな」

やってきた配車タクシーの後部座席に乗り込みながら、思いつきを口にしてみる。

現地で生活していたからこその豆知識や活用できる裏技(うらわざ)が色々ある。何より、美味い店なら自分の足で見つけた場所がある。

「いいんじゃないか。ネットで紹介するのもありだろう」

「だよね。ちょっと特殊(とくしゅ)だけど、海外リゾートのウエディング紹介もできるし」

ベトナムで結婚式を挙げた際、世話になったスタッフとは、あれ以来、メール友達となっている。かなり強烈なキャラクターだが、仕事はできるしアイデアも素晴らしい。

ハリーのメモも捨て置けない。

さほど会話していないにも拘(かか)わらず、高柳の好みを熟知(じゅくち)した店をセレクトしてくれている。頼めばもっと面白いマレーシアとシンガポールの情報をくれるだろう。

「台湾(タイワン)や香港(ホンコン)、上海(シャンハイ)は問題ないし……先生、レオンさん、侯(コウ)さん辺りに聞けば、興味深い情報が山ともらえるかな」

「香港なら俺に聞けばいい」

「えー」

ティエンの発言に、高柳は曖昧な表情を受かべてしまう。

「なんだ、その顔は」

「ゲイリーはともかく、ティエンが香港で暮らしてたの、もう何年も前じゃないか。僕が欲しいのは最新の旬な情報」

「……っ」

高柳の切り返しに、ティエンはぐっと言葉を詰まらせる。

「ディープな情報は持ってる」

「ぶー」

高柳は顔の前で手を交差する。

「なんだ、その反応は」

「君の情報はディープすぎるから使えない」

真顔で高柳が答えたタイミングで、タクシーは目的地に到着した。すぐに戻ると伝え、タクシーを降りるが、高柳は「忘れ物をした」と言ってタクシーに戻り、その場でメモ書きしたものを運転手に渡す。視線で伝えると、相手は頷いてくれた。

「何をやってる?」

「待ってる間のチップをね」

高柳は走ってティエンのいる場所まで戻る。

「ブルーモスクとは、かなり印象が違うね」

道路を挟んだ向かい側に立つモスクは、ハチの巣型デザインドームと、隣に聳え立つミナレット、周囲を取り囲む柱が、それぞれ艶やかな金色に彩られている。

クアラルンプール国立モスクと、同じ建築家の手により、現代的かつ斬新なデザインが人の目を集める。

平日かつ礼拝の時間とはずれているため、訪れる観光客も少ない。高柳も中には入らず、外観を遠くから眺めるだけだ。

ここでも高柳は、観光客よろしく写真を数枚撮る。

「それで、次はどうする?」

「州立博物館を見て、そのあと市場。時間的にはぎりぎりかな」

高柳は腕時計を見て簡単に計算する。

「できれば市場では何か食べたいんだけど、買い食いぐらいできるかな」

タクシーに戻るため信号を待ちながら、高柳は他人事のように言う。

「さっきあれだけ食っておいて、まだ食い足りないのか」

「足りないわけじゃないよ。もっと食べたいだけ。このニュアンスの違いは重要」

高柳は、先ほどのガーリック風味の海鮮料理を思い出して上唇を舐める。

ただの食いしん坊ゆえの仕草が、やけに艶めいて見えるのは、口元の黒子のせいだろう。

ティエンは高柳の首元に手をやって、そこにひっそりある鎖を軽く引っ張り、自分と揃いの指輪を引き出した。

「……何？」

「言っても無駄だろうとは思うが、無茶はしてくれるな」

互いに交換した結婚指輪に口づけながらのティエンの言葉に、高柳は首を竦めた。

「僕自身は無茶したくはないんだけど」

「お前が望まずとも、周囲がそれを許さないというわけか」

歩行者用信号が青に代わり、高柳が歩き出すことで、ティエンの手から指輪が滑り落ちて元ある場所へ戻る。それを追いかけることなく、ティエンは己の胸元の指輪を服の上からそっと押さえる。

高柳は視界の隅でティエンのそんな心遣いを確認しても、足を止めることはできない。二人は黙ったまま、タクシーまで戻る。そして高柳は先にティエンに入るよう促す。

「次はどちらに？」

「州立博物……」

「ホテルに戻ってください」

高柳は早口に言って、後部座席から勢いよく降りた。

「……おい、智明」

何が起きたのかと、ティエンは慌てていた。でも、一瞬遅い。

扉は閉まり、示し合わせたタイミングでタクシーは発進する。

「智明！」

「またあとで」

高柳は手を振って、ガンガン窓を叩いているティエンを見送る。

「あー、怒ってるな」

言いながら、本気でティエンを怖がっているわけではない。

さっきタクシーに戻ったとき、高柳が運転手に渡したメモにはこう書いていた。

『戻ってきたとき、乗るのは一人です。もう一台、タクシーを呼んでおいてください』

もちろんチップも合わせて渡しておいたが、ここまで上手くいくとは思っていなかった。

「さて、と」

運転手に頼んだとおり、もう一台呼んでいたタクシーに乗り込む。

「フィリピーノマーケットまでお願いします」

行き先を告げると、スマホを開く。案の定、ティエンから着信とメールが続けざまに届いていた。

「もしもーし」

『智明。お前、何やってるんだ！』

聞こえてきた怒声に、高柳は思わず耳元からスマートフォンを遠ざけた。

「ティエン、そんなに怒ると頭の血管切れるよ」

『怒らせているのは誰だ。できるだけ無茶はするなと言っただろう?』

「僕も言ったよ。僕自身は無茶したくないんだって」

つい笑ってしまうと、電話の向こうのティエンも冷静さを取り戻したらしい。

『要するに、今のところ無茶をしているつもりはないということか?』

「まあ、手段に多少無理があるのは否定しないけど。一からの手順を踏むには時間がないから」

さすがに一国が相手になったら手出ししにくくなる。だからその前に可能な限り、事前に終わらせたかったのだ。

「ティエンがずっと一緒にいると、僕の計画が予定通りに進まないから、ちょっとだけそこは無茶した」

『お前の計画というのはなんだ』

「言っただろう? 実力行使に出ることにしたって」

その主語は高柳ではない。「誰か」が実力行使に出ると予想して、その舞台を用意した。

わざとリヒトの「農園」のパーカーを着て、観光名所を回った。目立つように派手に写真を撮って、わざと「日本語」で会話した。

自分が「日本人」だとわかるように。

自らを餌として何が釣れるか。

ティエンも高柳の意図は理解していた。自分たちをつけているだろう人間にも気づいていた。

彼らが何者か。彼ら以外にも、誰かいるのか。

『だからってお前ひとりで、何かあったらどうする』

「そのときは、ティエンがなんとかしてくれるでしょ」

高柳の発言に、電話の向こうでティエンが大きく舌打ちする。

『そう思ってるなら、どうして単独行動に走ってる』

「それは……」

「お客さん、この辺りでいいですか?」

癖のあるマレー語で運転手が聞いてくる。

言われて窓から外を見ると、近くに海が見えた。潮の香りとともに、人々の声が聞こえてくる。

『智明。聞いてるか?』

電話の向こうではティエンが呼び続けている。

「ごめん。目的地着いたからまた後で」

『目的地ってどこだ。おい』

返答せずに高柳は通話をブチっと切った。すぐにまた電話がかかてくるのは予想ができていた。

「後でまた連絡するから」

今頃きっと、めちゃくちゃ怒っているだろうティエンに謝って、高柳は改めて前を向いた。

海岸沿いに並ぶ市場は、フィリピーノマーケットと呼ばれる場所だ。コタキナバルに移住してきたフィリピン人が始めた市場が原型といわれるこの場所は、元々、多民族が多いマレーシアの中でも、さらに人種が入り混じっている。

市場というものの、中はいくつかの建物が並び立っている。

その中には亜庇中央市場というセントラルマーケットや海鮮市場、土産物を扱うハンディクラフトマーケットがある。その隣には、解体するのだろう古いビルがあった。夕方から屋台が立ち並び、ナイトマーケットが開く。

最新鋭の高層ビルが建ち並ぶマレー半島に比べれば、ボルネオ島側はまだ開発途中の場所が多い。このマーケットの裏側辺りも、まさに再開発の途中なのだろう。

「まだちょっと早いから、腹ごしらえしよう」

開き始めた屋台へ向かう。シーフードは避けて、煙の出ている屋台へ誘われるように近寄った。

「タレのいい香り」

欲望のままに焼き鳥の盛り合わせを頼んで、空いている大きなテーブルに座る。時間帯のせいか、客はまばらだ。

まだちょっと早かったかもしれない。

高柳はハリーのガイドを広げて、改めて行くのをやめた州立博物館には、どんなものがあったのだろうかと確認する。

「巨大なクジラの骨格標本があるんだ！」

他は先住民族文化や歴史、自然を紹介しているようだ。

「フェイを連れていくには、ちょっと物足りないか。それなら水族館や植物園に行くほうがいいかなあ」

この先、紅茶販売が本格化されれば、最初のうちは、この土地に頻繁に来ることになるだろう。となればフェイロンも来るだろう。そのとき、彼が楽しめる場所も確保しておきたかった。

「フェイロンのことだから、紅茶作りに興味を持つかもしれないな」

フェイロン用の紅茶を作るのも楽しそうだと思ったら、さらに想像が膨らんできた。

「忘れないうちに、スマホにメモ……と、スマホの電源入れないと」

ティエンの連絡から逃れるべく電源を切ったままだった、慌ててごそごそとポケットを探っていると、隣に人の気配を感じる。

「隣、空いてますか」

尋ねてくる言語は中国語。高柳は落としていた視線を、ゆっくり声のしたほうへ向ける。

磨かれた革靴。きっちりラインの入ったスラックス。

（こちらが釣れたか）

　年の頃は三十代後半、もしくは四十代前半。肌艶は悪くないが、表情がほとんどないこと、眉間に寄せられた皺と、全体から漂ってくる雰囲気から、実際より年上に見える。

　眉は濃く太く、はっきりした目鼻立ちをさらに印象付けている。髪は短く切り揃えられ、前髪は立てられている。

　初めてリヒトの農園で会ったときと違うのは、スーツの色ぐらいか。

　だが初対面のときよりも、きな臭い雰囲気は感じられない。あえて気配を消しているようにも思えた。

　上向いて相手の顔を認識して、高柳は内心を悟られないよう驚いた顔を浮かべた。

「ジャヒールさん、でしたか……どうぞ」

　高柳が促すと、ジャヒールは無言で隣の椅子を引いた。

（隣に座るのか）

　少しだけ困惑しつつ、高柳は食事を再開すべく皿に視線を向ける。

「余計なことをしないでください」

　高柳にだけ聞こえる低い声で、前置きもなしに口を開く。

（思っていたより直球だな）

「リヒトさんが余計なことだと言ってますか？」

「私は個人として、貴方と話をしています」

気にせず焼き鳥を食べ進めようとした高柳だったが、声音は大きくないが強い語調に動きを止める。

（質問の意図はどこだ？）

高柳はジャヒールの立場を掴みかねていた。リヒトすらわかっていないのだから、第三者の高柳にわかるはずもない。

だが第三者だからこそ、明らかにされる本音もあるだろう。ジャヒールの心を探りつつ、高柳は言葉を慎重に選ぶ。

「僕はリヒトさんの農園の紅茶が気に入っています。だから、リヒトさんのためにならないことはしないつもりで……」

「それが余計だと言っている」

ジャヒールは高柳の言葉を遮った。

突然、空気が変わる。こんな風に肌がぴりつく場面には、これまでに何度も出くわしている。

「何が、余計なんですか。リヒトさんは自分の農園を大きなものにしたいと考えてます。それに僕は協力するつもりです。それの何が余計なんですか」

「あの方は、あんな農園の領主に収まるような人間じゃないんです」

堪えようとして堪えきれない怒りの感情が、言葉の端々から伝わってくる。あの「方」。リヒトにとってのジャヒールと、ジャヒールにとってのリヒトの立場の違いが明確化される。

「領主……ですか」

高柳があえてその単語を繰り返すと、ジャヒールがぴくりと震える。

「……とにかく、リヒト様はこれからに備え、すべきことがあるので、農園は手放される予定です」

核心部分に触れてくる。

「リヒトさんは望んでいません」

「それは貴方が言うべきことではありません」

ジャヒールはまったく譲ろうとはしない。

「確かにそうかもしれない。でも、貴方の存在こそ、リヒトさんの邪魔になってるんじゃないですか?」

この男の中ではおそらく、リヒトが次期マレーシア国王になることは決定事項なのだ。

ジャヒールは幼い頃からリヒトのそばにいたという。きっとリヒトの父親が誰かも知っている。リヒトの母親がどういう気持ちだったか、何もかもを知った上で、いつの日かリヒトの存在が表に出ることを、狙っていたのかもしれない。

リヒトの母が始めた農園は、現段階でまだ個人農園の域を出ない。にもかかわらず、働く人がいた。ここ数年は、多少なりとも売り上げはあるかもしれない。だが今の形になるまでの設備、人件費、その他もろもろにかかってくる費用はどこから出ているのか。

「やはり貴方は余計なことを知っているようですね。その上着姿で観光をしたのも意図的ですか？」

ジャヒールがため息をつく。

「餌に何が食らいつくか、試していたところです」

串に残っていた最後の鶏を頬張る。すっかり冷めてしまった。

「一応、僕も丸腰でマレーシアに来たわけではないんです。そのぐらいの調べはついてるんですよね？」

「なんのことでしょう？」

ジャヒールの表情と口調が一瞬にして変わる。そして横腹に固いものが押し当てられていることに気づく。

ナイフ、か。

鉈のような鎌のような。

(有無を言わさないつもりだ)

「『リヒト』様。申し訳ありませんが、場所を移動してもらえますか？」

どういうつもりなのかと問う前に、ジャヒールは高柳をリヒトに仕立てるつもりらしい。

「僕をリヒトさんの身代わりにするつもりですか?」

「貴方も、そのつもりだったんでしょう。リヒト様。そんな上着を着ていて、違うとは言わせません」

わざとらしい「様」づけに、高柳は苦笑するしかなかった。

8

どこへ行くのかを問えるわけもなく、高柳はジャヒールの指示のもと、一歩前を歩かされる。ジャヒールの手には、見えない位置でナイフが握られたままだ。

（さて……鬼が出るか蛇が出るか）

行き当たりばったり作戦が上手くいくか。これまでに何度となく遭遇してきた絶体絶命の場面を思えば、今はまだマシな状況と言えるかもしれない。

高柳はジャヒールの目を盗み、スマホを入れているポケットに手を突っ込む。画面を確認できない状況で、とりあえず電源だけを入れてみる。

実際、画面は確認できていないため、とりあえず手の感覚に頼るしかなかった。

「リヒト様」

人目を避けるように、裏側の通路を抜けて辿り着いた先は、マーケットの敷地の裏手にある、解体前のビルだ。

当然、エレベーターもエスカレーターも使えない。日が暮れてきて薄暗くなったその中を進んでいくと、フロアを一つ上がった場所に連れていかれた。そこには甘さの感じられる煙が漂っていた。

「来たか」

聞こえてきたのは、癖の強いマレー語。恰幅のいい、強欲が顔に出たようなスーツ姿の男が椅子に座っていた。香りの元は、男の手にある煙草だった。

隣に立つ男は細身の、尖ったナイフみたいな印象で、目深にキャップを被っている。他には、一目で雑魚とわかる男が三人、高柳を待ち構えていた。

(きな臭いな……)

埃やカビに混ざって、煙草の匂いとは別の、饐えた汗の混ざった生臭さが肌に纏わりついてくる。

「ソレが例のアレか」

指示語ばかりだが、男の言わんとしていることは伝わってくる。

ソレ＝高柳。

例の＝話に聞いていた。

アレ＝現領主の隠し子。

まさに力業だが、リヒトの側近であるジャヒールがそばにいることで、強い証明となってしまう。

「――そうだ」

ジャヒールは肯定する言葉を口にする。だが、あえて「誰」かは言っていない。

互いに互いを探り合っていることは間違いない。

ジャヒールが応じたのを合図に、下っ端の男二人が高柳のところまでやってくる。咄嗟に抵抗するか否か躊躇した瞬間に、両側から腕を掴まれた。

「歩け」

背中を乱暴に押され、相手方へ連れていかれる。

展開は見えていても、高柳は振り返って訴える。

「ジャヒールさん、どういうことですか！」

「これで、貴様らは依頼を果たし、私の役目は終わりだ。今後一切の関りを断たせてもらう」

しかし、ジャヒールは高柳の問いに答えることなく、早口に言ってその場を去ろうとする。

「いや、待て」

しかしそう簡単に話は終わらない。恰幅のいい男がゆっくり立ち上がる。己の体を持て余しているのだろう。左右に揺れながら、下っ端に捕らえられた高柳の前に立つと、煙草臭い手で顎を掴んできた。

「これまで面倒見てきたんだろう？　そんなにあっさり手放せるのか？」

下卑た笑いを浮かべながらの言葉は、至極もっともだった。

「――自分の命のほうが大切だ」

「なるほど」

男がふっと笑った直後、黒い影がさっと動く。何事かと思ったときにはもう、周辺は見知らぬ男たちに囲まれていた。ざっと見繕って二、三十人。

ナイフを手にする者、拳銃を構える者と、様々だ。標的はジャヒール。

「どういうつもりだ！　セイフル！」

Saiful。意味は『真実の剣』。皮肉な名前だ。

「どういうつもりもねえだろう、ジャヒール。お前がその理由を一番知ってるはずだ」

高柳の顔にも左右からナイフが向けられるタイミングで、それまで身じろぎひとつしなかった長身の男がゆらりと動いた。無言で高柳の左右にいた男をどけて、一人の男が手にしていたナイフを奪い、自ら高柳を羽交い絞めにしてきた。

「お前が隠し子として連れてきたこいつが身代わりだと、俺たちが気づかないとでも思っていたのか？　そこまで見くびってもらっては困る。これでもここマレーシアで、一番力を持つ組織だからな」

「一番ねえ……」

ジャヒールは微かに笑った。

「何がおかしい」

「そんな風に言っていても、結局は、はした金で『表』に良いように使われてるだけじゃないか」

「貴様……っ」

セイフルの動きに合わせ、周囲の影が揺れる。一発、銃声が響き、ジャヒールが肩を押さえてその場に崩れ落ちる。指先から血が地面に落ちていく。

「ジャヒールさ……っ」

咄嗟に反応するものの、高柳はその場から動けない。

代わりにではないが、銃口が向けられていることも気づかないかのように、真っ直ぐにジャヒールへ駆け寄っていく人がいた。

「ジャヒール！」

なんの躊躇もなしに、ジャヒールの名前を呼び、その体を支えたのは——。

「リヒト様……どうしてここに……」

「彼に、連れてきてもらった」

リヒトの視線を追いかけた先で、高柳の周囲を取り囲んでいた人垣が、みるみる崩れていった。

「ぐ……っ」

「うわあああ」

「くそ！」

続けざまに聞こえてくる呻き声と同じ数だけ、その場に人が倒れていく。

己に向かってくる攻撃を巧みに避け、反動を利用して、襲いかかる相手を地面に倒す。

数時間前に見た演舞のジュルスの如く、どこか踊っているように思えるのは、その動きが見事だからなのかもしれない。

銃口が向けられる前に、銃を握った相手を鮮やかに蹴り倒していく。

「ティエン……」

見事としか言いようのない姿に、改めてティエンの凄さを実感する。

「さすがだな」

高柳の気持ちを代弁するような言葉が、頭の上から降ってくる。

ティエンが来るのを待って、男は高柳の前に出て、ティエンと対峙する。

「そうだ、お前。やってしまえ！」

セイフルが叫んで命令するが、男が一睨みすれば、すぐにぐっと黙り込む。

明らかに立場は逆転している。

「なんのつもりだ」

大きく息を吐いてから、ティエンが男に向かって低い声で唸る。

「せっかくだから手合わせ願おうと思って」

かぶっていたキャップのツバを後ろに向けることで、男の顔が露になる。

白銀に近い髪と、白磁の肌。『マレーシアの虎』の名前で呼ばれるハリーが、両袖を肘まで

捲り上げる。

声で既に高柳に正体はバレていたが、ティエンもまたそれが誰かを知る。眉間に皺は寄ったまま。ハリーがここにいることを、ティエンは想像していただろうか。

「面倒臭いことを言うな」

「そんな、つれないことを言わず」

ティエンの本気の返事など聞くつもりはないのだろう。丸腰のティエン相手に、ハリーは手に短剣を握り、一気に距離を詰めていった。

「……ティエン……！」

思わず声を上げるが、ティエンは読んでいた。ハリーの足への攻撃をやすやす避け、逆から伸びてきた腕を腰のところで捕らえ、背中側から投げ飛ばそうとした。

ハリーは一瞬足を浮かせつつ、次の瞬間に体重移動を行い、ぐっと両足を踏ん張った。すぐにティエンの首へ足を蹴り上げるが、それは空を切っただけだった。

すぐにお互いから離れ、一定の距離を保つ。

武術に詳しくない高柳から見ても、二人の動きが卓越していることがわかった。

ハリーのほうが正統派なのだろう。目にもとまらぬ速さで短剣を使い、ティエンの急所目がけて体を動かす。ティエンはハリーの動きに応じ、避け、受け流し、一瞬の隙を見つけて反撃に出る。

二人が技を出すたび、空気を切る音が廃ビルの中に響く。

満ちていく緊張感に、固唾をのんで見守っていた高柳の背中に、じわりと汗が浮かんでくる。

飛び散る汗と息遣い。

ハリーの足遣いに少し疲れが見えると、ティエンはすかさずそこを突っ込んでいく。真っ直ぐにハリーの右手首を突き、その瞬間に手から離れた短剣を奪う。

その短剣を握り、瞬時にセイフルの元へ移動していた。リヒトに向けられていた拳銃を奪い、喉元にナイフを突き当てる。

「ひや……っ」

「ハリー。こいつの首を落とすと困ることはあるのか?」

たった今まで、手合わせしていたハリーに、ティエンは当然のように確認を取る。

「ないな」

「何を、言ってる。貴様は……!」

あっさりハリーが応じると、セイフルはみっともなく両手を大きく振った。

「俺に何かあったら、組織がどうなると思う。お前だってただじゃすまない……」

「奴らの目的は、邪魔な隠し子の存在を消すことなんだろう? ならば、命を取らずとも方法はあるはずだ。だよな、ハリー」

ティエンが眼鏡の奥の瞳を鈍く光らせると、ハリーは「ああ」と応じる。

「そもそも、隠し子なんていなかったってことなら話は丸く収まる」

ハリーが説明を補足すると、肩を負傷したジャヒールが「それは……」と低く呻いた。

「ジャヒールさん」

高柳はゆっくり、リヒトとジャヒールの元へ向かう。咄嗟にリヒトはジャヒールを庇うように、腕の中に強く抱え込む。

「悪いのは僕です。ジャヒールはただ僕を庇ったにすぎません」

「リヒト様……」

痛みを堪えながら、ジャヒールは驚きの声を漏らす。

「わかってる。ジャヒール。僕は全部。わかっていて何も言えずにいたのは自分の弱さだ。知っていると言ったら、君が僕の前から消えてしまうような気がして……」

リヒトはもしかしたら、初めて己の心の内をジャヒールに明かしているのかもしれない。だがそれを判断できるほど、高柳は二人のことを知らない。

「だから……ジャヒールの罪は僕の罪で……」

「リヒトさん」

必死なリヒトに向かって、高柳は淡々と、でも強い語調で黙るように促す。戸惑いの表情を見せるリヒトに、高柳は優しく微笑みかけてから、ジャヒールに視線を移す。

「ジャヒールさん。リヒトさんも言っていたように、貴方の計画はすべてわかっています」

高柳の言葉にジャヒールがはっと息を呑む一方で、リヒトは強く頷いた。

「リヒトさんのお母さんの死後、元々、所属していた裏の世界で得た金を、農園経営に費やす一方で、リヒトさんの素性を完全に隠してきた。そして国王の後継者問題が浮上したタイミングで、リヒトさんの存在をリークした——そうですよね？」

ジャヒールは負傷した肩に手をやったまま、唇をぐっと嚙みしめる。

ジャヒールとリヒトの母親との間で、どんな約束があったのか、約束などなかったのかもわからない。実際リヒトの母が、息子が国王になることを願っていたかどうかも怪しい。

しかしジャヒールは、それを強く願った——のだろう。領主の子を身ごもりながら、農園一つ与えられただけで余生を過ごした女性を、哀れに思ったのかもしれない。

「リヒトさんも、そんなジャヒールさんの動きは理解していた。でも国王など望んでいない。だからといって、自分のために尽力してきてくれたジャヒールさんに、どう伝えたらいいかわからないまま、今日まで来てしまった」

そしてそれが、一歩間違えれば国全体に及ぶ大事件になりかねなかった。いや、既に一部では、事件となっていたのだろう。

「でもジャヒールさんはいざこの段になって、己の存在がリヒトさんが後継者として名乗りを上げるのに、邪魔になっていることに気づいた。そこで、リヒトさんの身代わりを仕立て上げ、その身代わりと己を、対立組織に消させることで、自分の存在自体を消すことにした——」

それが、今。

高柳がリヒトと仕事をする上で、解決しなければならなかった問題も同じだ。

「リヒトさん。改めて確認します。貴方は、もし実際に権利があったとして、後継者としての立場を望んでいますか？」

改めての問いに、リヒトはきゅっと唇を引き結び、「いいえ」とはっきり否定する。

「リヒト様っ」

いまだ納得のいかないジャヒールは抗議の声を上げる。

「ハリー」

高柳はティエンとの戦いを終えたハリーを振り返る。

隠し子を人知れず亡き者にしようとしているのが、ハリーの配下の組織だというのは、最初に高柳にリヒトを紹介してくれた段階でわかっていた。

その上で、ハリーは高柳の無鉄砲な計画を知り、人知れず水面下で動いてくれていた。

ジャヒールの意図については、正直、今日実際に動くまでは今ひとつ確信は持てなかった。

ただ、リヒトに対する忠誠心だけは信じて疑わなかったのだが、そこは間違いなかったらしい。

「君たちの組織は、リヒトさんの首は絶対に必要なのかな。後継者としてライバルがいないとわかれば、依頼主は納得する？」

「納得させる……が、言っておく。もう俺の組織じゃねえからな」

「ハリー、お前、何勝手なことを……ぐっ」

空気を読めないセイフルの腹に、ティエンがぐっと一発食らわせることで、意識が飛んだようだ。

「まあ、そのあたりのことは、そちらにお任せするよ。とりあえず、後継者問題なんて発生しなかった――ということになるわけだね」

もちろん、ここでひとつの火種（ひだね）を消したところで、また新たな火種が生まれないとはいえない。だがとりあえず、高柳の仕事の範囲でなければいいのだ。

「ジャヒールさん。リヒトさんの本当の父親は誰ですか」

高柳は改めてジャヒールに問いかける。

「君は一体、何を……」

「顔色が青ざめていて汗もすごい。あまり呑気（のんき）にしていられませんよ」

高柳は内心焦（あせ）りつつも、わざと嫌な言い方をする。

「リヒトさんが領主の息子でなければいいんです。だから改めて答えてください。リヒトさんの本当の父親は貴方じゃないんですか？」

「……え」

その可能性を、リヒトは考えていなかったのだろう。高柳の問いに大きな目を瞬（またた）かせる。

「ジャヒールさん。どうですか」

「それは……」

ジャヒールは明らかに戸惑っている。

(まあ、これはさすがにハッタリなんだけど)

正直、二人は似ていない。リヒトは間違いなく、前領主の息子なのだろうが、その事実をなかったことにするためには、新たな嘘で塗(ぬ)りかえねばならない。そして父親は「不明」よりは、誰か明らかなほうが綺麗に収まる。

書類についてはどうとでもなるだろう。

「リヒトさんのために、よく考えてください」

繰り返し確認すると、ジャヒールは躊躇(ためら)いがちに頷いた。

「それで……、リヒト様が守られるのであれば、私が父親で構いません」

「わかりました。今の発言は、僕、高柳智明と、ティエン・ライ、それから、ウェルネス・マレーシア支部のハリー・ホアンが証人(しょうにん)です」

高柳の言葉を聞いて、ジャヒールは緊張の糸が切れたのだろう。意識を失う。

「ジャヒール……っ」

「ハリー。ちゃんと依頼主に伝えるように。必要なら侯(コウ)さんにも連絡する。他に使える伝手は全部使うから。あとジャヒールさんを、ちゃんとハリーの力が及ぶ病院に連れていって」

「はいはい。仰(おお)せのとおり」

高柳が早口で言うと、ハリーは肩を竦める。

「まさに、猛獣使いだな。鮮やかすぎて文句を言う気にもなれん」

やれやれとハリーは大きく息を吐いた。

「全然鮮やかじゃねえだろう。全部が全部、行き当たりばったり。力業すぎだ」

ティエンはハリーと手分けして、セイフルの他、組織の人間の大半を拘束してから、高柳の前までやってきた。

「ティエン、お疲れ！　ありがと……痛っ」

礼を言いかけた高柳の額を、ティエンは指で思い切り弾いてきた。

「……ちょ、暴力反対！」

「この状況を見て、よく言えるな」

こちら側で負傷したのはジャヒールだけだが、相手方は結構大変な状態だ。

「ティエン、やりすぎじゃない……痛っ」

高柳の顎を、ティエンは両手で強く挟み込む。

「どの口が言った？」

「ひゃ…痛い。痛いって。ごめん……悪かったから」

「ったく……無茶するなってあれだけ言ったのに、人の言うこと聞かないし」

「それは、ティエンのこと、信頼してるからってことで」

あっさり言い放つ高柳の発言に、ハリーが目を大きく見開く横で、ティエンは眉ひとつ動かすことはない。ティエンは己の額に手をやってから、またため息をつく。

それから、高柳の首元の鎖を引っ張って、指輪を引き出すと、それに口づける。

「……とりあえず、無事でよかった」

ティエンの心から安堵した声色に、高柳の中に少しだけ罪悪感が生まれる。だから高柳はティエンの首に両腕を回して抱きつき、耳元に口を寄せる。

「ごめん。ありがとう。僕が無茶できるのも、ティエンが絶対助けに来てくれるって、安心してるからだよ」

ティエンにだけ聞こえる声で謝罪するが、なぜだかその発言のあと、またデコピンを食らう羽目となる。

「なんで？　本気で感謝してるのに」

両手で額を覆って訴える。

「信頼してるなら、計画の全部を最初から教えておけ」

「それがわかってたら伝えたいんだけど、僕も次にどう転がるかわかんないんだよね」

「はあ？」

「だから、最終的にはティエンの野性の勘と、自分の強運頼みになっちゃうんだ」

「何がなっちゃうだ……あの場に置いておかれる側の身にもなれ……」

「あの……高柳さん」

半ば痴話喧嘩と化していた二人のやり取りの間に、遠慮がちにジャヒールを抱えたまま、リヒトが割り入ってくる。

「あ、リヒトさん。怪我してませんか？　ティエン、結構、無茶するから、大丈夫だったか気になってたんですけど」

「それは大丈夫です。突然、農園にいらして、高柳さんの一大事だからと、車に乗せられたときには驚きましたが……」

正確にはリヒトの一大事なのだが、いずれにせよ、あまりに説明が足りない。

「……ティエンだって人のこと言えない」

高柳はついティエンにぼやいてしまう。

「しょうがないだろう。説明するだけの時間はなかったんだ」

「まあ、そうだけど」

「……ありがとうございました」

リヒトは頭を下げてくる。

「正直、詳しいところは理解できていません。ですが、高柳さんが危ない目に遭いながら、僕と僕の農園を助けてくれたことはわかります。本当にありがとうございます」

深々と頭を下げる。

「そんな、頭を上げてください」

高柳は慌てた。ただでさえ、ジャヒールを腕に抱えた状態で、これ以上無理な体勢を取らせたくなかった。

「ですが……」

「この間、約束したじゃないですか。リヒトさんの敵は僕の敵、と」

高柳はリヒトの前にしゃがんで、彼の肩に手を置いた。

「高柳さん……」

「僕は自分勝手な人間です。ただ、僕の仕事のために動いただけです。リヒトさんとの仕事、とても楽しみにしています」

まだ仕事の細かい話は何ひとつできていない。だが高柳の頭の中には、成功したのちの色々な世界がある。

「……わかりました。精いっぱい、美味しい紅茶を作るように精進(しょうじん)します」

「話の途中で悪いが」

様子をうかがっていたハリーが、申し訳なさそうに話に割って入ってくる。

「俺たちに任せて、お前たち二人はこの場を離れたほうがいい」

「え、でも」

「騒(さわ)ぎに気づいた奴らが連絡をしたようだ。そろそろ警察が来る頃だ」

「わかった」

二人のことを気にする高柳の横で、ティエンはすぐに応じた。

「悪いな、ハリー。後は頼んだ」

「この借りは、また手合わせで返してくれ」

「気が向いたらな」

ハリーの条件を、ティエンは笑って流した。

9

「本当に、ジャヒールさんがリヒトさんのお父さんだという可能性はないのかな」

高柳は上着を脱ぎ捨てながらティエンに尋ねる。

「ハリーの話だと、ゼロではないらしい」

ティエンは掛けていた眼鏡を洗面台の上に置き、シャツのボタンをひとつずつ外していく。

「まあ、見た目は全然違うけど」

高柳は二人の姿を思い出して、首を左右に振った。

「と、思うだろう。だが驚くべき事実がある」

ベルトのバックルを外す。

「どんな？」

「ジャヒールは整形手術で顔を変えている」

「え……？」

さすがに予想しなかった展開に、驚く高柳の唇に、ティエンは唇を押し当ててくる。

大捕り物（おおとりもの）の後始末はハリーにまかせ、高柳とティエンは、先にその場を離れてホテルに戻った。

そして、汗を流すべくバスルームへ向かったのだが。

「まさか……自分とリヒトさんが親子だという証拠を消すため？」

「残念。それまでの犯罪歴を消すためだと言われている」

「……そうなの？」

いまだシャツすら脱げていない高柳に焦れて、ティエンは実力行使に出る。

戯れのような啄むキスをしながら、器用にシャツを脱がせ、パンツを脱がせる。

下着一枚になると、汗ばんだ肌に唇を移動させる。

「ハリーの話によると、結構ヤバい奴だったらしいからな。リヒトの母親も娼婦だったらしい。そこに若かりし頃の現領主がお忍びでやってきた——というのが真実だ」

「でもって、顔を変える前のジャヒールも、実は客の一人だったという可能性は？」

「大ありな上に、ジャヒール自体、現領主の腹違いの兄弟だという噂もあるそうだ」

「……何それ」

高柳はさすがに動きを止める。

ドラマみたいな展開はこれまでに何度も直面してきた。リヒトの件も、かなりドラマチックだ。だがそこに今のジャヒールの設定が加わったとしたら。

「出来すぎっていうか盛りすぎ」

「俺もそう思う。だがジャヒールの話については噂の域を出ない。誰も当時のことを知らないらしいからな」

ティエンは露になった高柳の胸元に、啄むキスを落としてくる。

「ああ、四、五十年も前の話だと覚えてないのか」

「甘いな。当時の事情を知ってそうな人間は、全員あの世に行ってる」

「それって……あっ」

乳首に歯を立てられて、高柳は声にならない声を上げる。

「真相は闇の中、だ」

笑いながら顔を上げたティエンの頬を、高柳は思い切りつねる。

「痛いな」

「ハリーは大丈夫かな」

「アイツのことは心配しないでも平気だろう。伊達に『マレーシアの虎』という異名を取ってるわけじゃない」

「ハリーは強かった？」

どさくさに紛れて、ハリーはティエンに一対一の対戦を挑んでいた。傍から見たら互角に見えたものの、双方が本気だったか高柳にはわからない。

どうも『マレーシアの虎』と言われると、あまり強そうな印象がないのは、高柳だけなのだろうか。

「相当な腕の持ち主だ。本格的にシラットで戦ったら負けたかもしれない」

「負けるってティエンが？」

「俺はいろんな武術が混在してるからな……それより、この状態で他の男の話をするのはやめろ」

「ごめん」

文句を言うティエンの唇に、かぶりつくように己の口を押しつける。

「ん……っ、ん……」

下着を自分で脱いだ高柳の体を、ティエンが横抱きにする。そのままバスルームへ向かうのかと思っていたが部屋に戻っていく。

「ティエン？」

「風呂はあと」

そう言って、ベッドメイクが済まされ、ピンと張られたシーツの上に高柳の体を落とす。そしてティエンもベッドに乗りあがる。

高柳の足首を摑み、膝を左右に開き、そこで少し頭を擡げていた欲望に躊躇なく吸いついてきた。

「あ……」

最初はまだ柔らかかった中心だが、ティエンの舌の動きですぐに高まっていく。

「そこ、いい……」

ストレートに快感を訴え、無意識に腿に力が入ってくる。

見えなくとも、ティエンの口腔内で何をされているのか想像がついてしまう。

高柳を揶揄し、嘲笑するような言葉を口にしても、愛撫は丁寧だ。

先端を嘗められ、抉れた部分を舌先で突かれ、全体を甘く吸われる。そこから生まれた悦楽が、高柳の全身に広がっていく。

「ティエン……気持ち、いい……」

手を伸ばし、ティエンの髪に指を埋める。そこを優しく撫で、時折、手に力を籠める。

じゅっと音がするほど強く吸い上げられ、腰が大きく弾んでしまう。そのタイミングで、ティエンが先の熟れた場所に歯を立ててきた。

「……あっ」

前触れなく、一気に訪れた極みに、ティエンの口に放ってしまう。

「ティエン……だ、め……あ、ああ」

ティエンは高柳から離れることなく、放った欲望をすべて飲み下すべく、喉を上下させた。

それを確認した高柳は、上げていた頭をシーツに沈める。

強烈な悦楽のあとの倦怠感に満たされて脱力した体に、触れる人肌がなんとも心地よい。

「智明」

頬を撫でるティエンの大きな掌から伝わる温もり。

「無茶をするなとはもう言わない」

混濁しかける意識を、ティエンの声と言葉にぎりぎりで引き留められる。

「だがせめて、俺の目の届く場所にしてくれ」

鼻の先に甘いキスが落ちてきた。

「置いていかれるのはたまらない」

頬に口づけられる。そして額に、瞼に。キスされた場所から、また力が湧いてくるような感じがする。

「逆の立場だったらどう思う?」

そう言われて高柳は、ティエンが自分を置いていく状況を想像してみる。

自分がどこへいようとも、ティエンは絶対に駆けつけてくれる。根拠のない絶対的な信頼感がある。

だが逆の立場になって考えると、ティエンがいなくなると想像しただけで、凄まじい恐怖が襲ってきた。

「ごめん……」

咄嗟にティエンにしがみつく。

「君がいなくなるなんて、考えるだけで怖い」

かつて、数か月も離れて暮らしていたことがあるのが、嘘のように思えてくる。

「わかってくれればいい」

ティエンは優しく高柳を抱きしめ、優しいキスをくれる。そのキスが深くなり、角度を変えて繰り返しながら、再び気持ちが互いだけに向いていく。

舌が生き物みたいに絡み合い、溢れてくる唾液を互いに交わし合う。指を一本ずつ絡めて握り、高く掲げられた腰に、ティエンの高ぶりが押し当てられる。

「あ……」

ずるりとそこの内壁を擦り上げながら、ゆっくりゆっくりティエンが高柳の中に挿ってくる。

「どうだ。わかるか?」

「うん……ティエンが、僕の中に、挿ってくる」

だが、ゆるゆると内壁を擦られるだけでは足りない。

「わかる……から、もう、動いて……あっ」

願いを最後まで告げる前に、ティエンが激しく腰を突き上げてきた。

ぐ、ぐ、と、深い場所で繋がった状態で、奥の弱い部分を刺激してくる。

「ん、ん……そ、こ……きゅんきゅん、する……っ」

快感を言葉にすることで、高柳は無意識に体内のティエンを締めつける。

「……っ、本当に、お前は……」

強くなる快感で赤く浮き上がる内腿の龍。濡れた口元の黒子。汗と互いの体液で濡れた、胸の結婚の証。

何もかもが扇情的にティエンを誘っているが、高柳当人は意図していない。

ティエン自身は硬度を増し、さらに高柳を高みへ導いていく。それによって、高柳は淫らにティエンを刺激し、艶かしくティエンを誘う。

「可愛くてたまらない」

振り絞るように言って、ティエンは高柳の奥まで挿入していた己を、ぎりぎりまで引き抜く。

「やだ……抜かない、で……」

細かな襞のひとつひとつを収縮させながら、必死にティエンを逃すまいと締めつけてくる。

浅ましく淫らな反応を目いっぱい味わったティエンは、入口が強く窄まったところで、そこを無理やり押し開くように己を一気に突き立てると、高柳の中心もむくりと起き上がった。ティエンの愛撫で一度放った欲望は艶やかに濡れている。

直接、愛撫していなくても、そのまますぐ達してしまいそうな高柳の先端を、ティエンは摘んできた。

「な、んで……」

「俺が十回突くまで我慢してみろ」

「そんな……」

意識を朦朧とさせながら、高柳は首を左右に振る。

「そんなの、無理……」

「無理じゃない……ほら、一回目」

「ひゃ……っ」

ティエンの突き上げで、高柳は甲高い声を上げてしまう。

「二回目……ほら、しっかり自分でも数えろ。三回、四回、五回」

「あ、あ、あ」

ティエンに細かく動かれて、短い声が続いてしまう。

皮膚が紅潮し、肌が汗ばんでくる。

頭も体も心もぐちゃぐちゃで、何も考えられない。

「……六回」

ずんと体の奥が疼く。

「七回、八回……九回」

そして。

「十回目」

カウントとともに戒めが外れた場所から、ぎりぎりまで昂っていた愛液が溢れ出してきた。

「……ひどいよ、ティエン……」

「よく我慢したな。ご褒美、いるか?」

笑いながらの言葉に高柳は涙目でティエンを睨む。

「もう焦らさないでよ」

甘えるように文句を言う高柳の望みに応じるべく、ティエンは再び腰を深く突き上げた。

※※※

「それでは、内容に問題がなかったら署名してください」

農園の事務所で、高柳はリヒトと向かい合わせに座っていた。そして間に置いた覚書の内容を読み終えたところで、リヒトに署名を促す。

「わかりました」

事前に今後の経営方針については、何度も話し合いを重ねていたため、ここでの問題はなかった。

練りに練った世界販売計画に、リヒトは驚いていた。

「まさかここまで考えてくださっているとは、思ってもいなかったです」

署名し終えたリヒトは、改めて己の正直ない感想を口にした。

「長期計画で臨むつもりですから、一緒に頑張りましょう」

「ご期待に沿えるよう、精進します」

この場に二人しかいないものの、互いに深々と頭を下げた。

「ところで、ジャヒールさんの容体はどうですか？」

高柳の問いにリヒトは穏やかに笑う。

「ハリーさんが紹介してくださったお医者様のおかげで、順調に回復しています」

表向き、ジャヒールはリヒトの「父親」となった。その事実をリヒトはどう思っているのか。

喉まで出かかったが、高柳はその問いを実際にリヒトに投げかけはしなかった。

「それならよかったです。僕がマレーシアに不在の場合に何かあれば、遠慮なくハリーに声をかけてください。多少のことなら解決してくれると思うので」

「はい。頼もしいです……高柳さんが」

「……僕？」

思いもよらない言葉に、変な声が出てしまう。

でも、決して悪い気はしない。

「そういえば、新しいブレンドができたら、高柳さんの名前を付けようと思っています」

「え、本当に？」

リヒトの言葉に、高柳はその日が楽しみでならなかった。

あとがき

マレーシアのキャメロンハイランドという避暑地の存在を知ったとき、今回の話の基となる部分が浮かびました。

マレーシアが舞台ならハリーは欠かせない！　というわけで、久しぶりに登場することになりました。

ちなみに、マレーシアの虎との異名を持つハリーにも、今回名前しか登場していない恋人がいます。ハリーにご興味をお持ちいただけましたら、『虎に翼』『獅子と冷獣』をお読みいただけると嬉しいです。

挿絵の奈良千春様。鼓動や息遣いの感じられる、魅力的で艶のあるイラストをありがとうございました！

担当様には、今回も大変お世話になりました。本当にありがとうございました。

最後になりましたが、この本をお読みくださいました皆さま、ありがとうございました。高柳と一緒に、マレーシア観光を楽しんでいただけますと嬉しいです。

また次の本で、お会いできますように。

花粉症が辛い　ふゆの仁子　拝

龍虎の甘牙

ラヴァーズ文庫をお買い上げいただき
ありがとうございます。
この作品を読んでのご意見・ご感想を
お聞かせください。
あて先は下記の通りです。

〒102−0075
東京都千代田区三番町8-1
三番町東急ビル6F
(株)竹書房 ラヴァーズ文庫編集部
ふゆの仁子先生係
奈良千春先生係

2023年5月5日
初版第1刷発行

●著　者
ふゆの仁子 ©JINKO FUYUNO
●イラスト
奈良千春 ©CHIHARU NARA

●発行者　後藤明信
●発行所　株式会社　竹書房
〒102−0075
東京都千代田区三番町8-1 三番町東急ビル6F
代表 email： info@takeshobo.co.jp
編集部 email： lovers-b@takeshobo.co.jp
●ホームページ
http://bl.takeshobo.co.jp/

●印刷所　中央精版印刷株式会社